KB099923

이모탈 퓨전 판타지 소설

FUSION FANTASTIC STORY

워리어

Warrior

워리어 4

이모탈 퓨전 판타지 소설

초판 1쇄 찍은 날 § 2014년 12월 18일
초판 1쇄 펴낸 날 § 2014년 12월 26일

지은이 § 이모탈
펴낸이 § 서경석

편집부장 § 권태완
편집책임 § 한준만

펴낸곳 § 도서출판 청어람
등록번호 § 제387-1999-000006호
등록일자 § 1999. 5. 31
어람번호 § 제1-2008호

주소 § 경기도 부천시 원미구 부일로 483번길 40 서경B/D 3F (우) 420-822
전화 § 032-656-4452 팩스 § 032-656-4453
http://www.chungeoram.com
E-mail § chungeorambook@daum.net

ISBN 979-11-04-90034-1 04810
ISBN 979-11-316-9239-4 (세트)

이모탈 퓨전 판타지 소설

FUSION FANTASTIC STORY

4

워리어

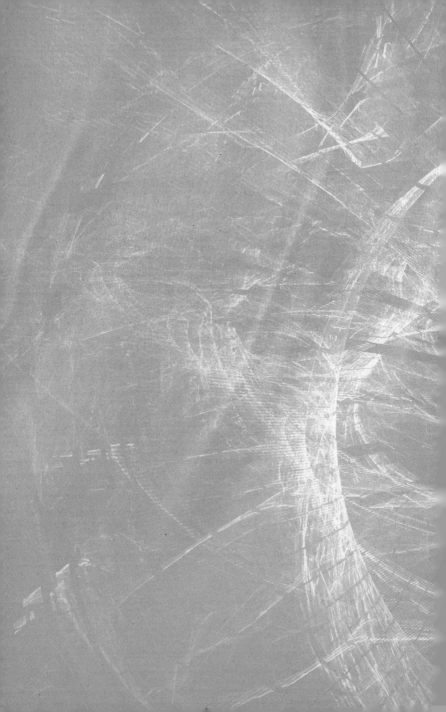

Warrior
워리어

CONTENTS

제1장

버려지다

"어떤 형식으로든 보복이 있을 것입니다."

"정치적인?"

"그렇습니다."

라마나의 말에 카이론은 그저 고개를 끄덕일 뿐이었다. 동계 혹한기 전술훈련은 카이론이 9특전여단장을 죽이면서 그 끝이 났다. 귀족파와 국왕파, 그리고 중도파 모두에게 상처뿐인 동계 혹한기 전술훈련이었다.

중도파의 대부분을 차지하는 1군의 경우 8특전여단의 3, 4전대장 사망, 7특전여단의 2, 3전대장 사망과 여단장의 죽음에 이를 정도의 부상, 5특전여단의 4전대장 사망, 4특전여단장의 항복.

항복이라는 것은 전향을 의미한다. 중도파의 한 축이 귀족파로 넘어가는 것을 의미했다. 하지만 귀족파 역시 다르지 않았다. 아니, 어쩌면 귀족파는 더욱 큰 타격을 입었을지도 모른다.

9특전여단장 사망, 11, 12특전여단의 전대장 전원 회복 불가에 이른 중상, 10특전여단장 중상, 1, 2전대장 및 이하 간부 중상. 13특전여단만이 온전하게 전력을 유지했을 뿐이다.

중도파의 1군, 귀족파의 2군. 그렇다면 국왕파의 3군은?

그들 역시 온전하지 못했다. 그들에게는 겨우 두 개 특전여단이 존재할 뿐이다. 다행히 22특전여단장은 별 탈 없었으나 23특전여단은 전대장을 비롯해 간부 대부분이 중상을 입었다.

그야말로 상처뿐인 영광이었다. 덕분에 국왕파와 귀족파의 연합은 깨졌다. 하지만 그들은 다시 연합했다. 자신들이 입은 피해에 대한 화풀이 대상이 필요했기 때문이다. 그 대상이 바로 1군의 중도파임에는 의심할 여지가 없었다.

"어찌해야 할까?"

"소나기는 잠시 피하는 것이 좋습니다."

"피한다?"

"그렇습니다."

"……."

마하리쉬 4팀장의 말에 침묵하는 카이론이다. 마음에 들지 않기 때문이다.

'그렇군. 이곳도 역시 사람 사는 곳이로군.'

매번 잊어먹는다. 자신을 따르는 이들 때문에, 또한 자신을 믿는 이들 때문에. 하지만 결국 도달하는 결론은 이곳 역시 사람 사는 곳이라는 것이다.

"마뜩찮습니까?"

"솔직히 그렇군."

카이론의 말에 잠시 대화를 중지한 마하리쉬 4팀장. 그러다 다시 신중하게 입을 열었다.

"전대장님께 묻겠습니다."

"무언가?"

"어디까지 가실 겁니까?"

"어디까지?"

"그렇습니다."

"어디까지라……."

카이론은 말을 흐렸다. 솔직히 생각해 본 적이 없다. 그저 당면한 문제에 충실하고자 했다. 굳이 목표를 잡자면 자신을 무시한 자들에 대한 작은 복수쯤일 것이다. 자신을 버린 에라크루네스 백작 가문을 누를 수 있을 정도의 힘 말이다.

그런데 그러자니 자신의 힘이 너무나도 미약했다. 세력이라는 것이 선이라 하면 개인은 점이라 할 수 있다. 점은 선을 넘을 수 없고, 선은 면을 넘을 수 없는 것이 자연의 이치이다.

"그것이 문제가 되나?"

"그렇습니다."

카이론은 고개를 끄덕였다. 지금은 자신이 결정해야 할 때였다. 소나기를 피해야 하는 것은 분명했다. 하지만 의미 없이 일신의 안위만을 위해서 피할 수는 없었다. 그리고 카이론은 마하리쉬 4팀장의 말에 내포된 의미를 찾아내고 있었다.

"어디로 피할까?"

"먼저 선을 그어주셔야 피할 장소를 마련할 수 있습니다."

마하리쉬 4팀장은 기어코 카이론의 결심을 강요했다. 그는 평소와 다르게 카이론을 정면으로 바라보며 말했다.

"나는……."

마하리쉬 4팀장은 카이론의 말을 기다렸다. 자신의 운명이 결정될 순간이기 때문이다.

"천하를 품고 싶다."

카이론의 말에 마하리쉬 4팀장은 자리에서 일어섰다. 그리고 복장을 단정히 하고 제국의 황제에게나 올릴 법한 예를 취하며 입을 열었다.

"천하를 품으매 이 한목숨 바쳐 주군의 뜻을 따르고자 합니다."

거창하지 않은 간단한 말이었으나 카이론에게는 참으로 와 닿는 말이었다. 카이론은 고개를 끄덕였다. 그에 고개를 들고 예를 거둔 마하리쉬 4팀장이 자리에 앉으며 입을 열었다.

"알카트라즈입니다."

"알카트라즈라……."

카이론은 말을 되뇌었다. 들은 적이 있다. 극악한 죄수들을 가두는 감옥으로 한 번 들어가면 죽어서도 나올 수 없는 불귀의 감옥을 말이다.

그곳은 카테인 왕국의 죄수들만 있는 곳이 아니었다.

카테인 왕국을 비롯해 나파즈, 무스탄, 바르카까지 모두 네 개 왕국의 최고 중죄인들을 가두는 곳이 바로 알카트라즈라는 감옥이었다.

"이유는?"

"수많은 이인자(二人者)와 패배자가 있는 곳이기 때문입니다."

"좋군. 한데 가능성이 있나?"

카이론의 질문에 마하리쉬 4팀장이 흰 이를 드러내며 웃었다.

"그렇게 될 것입니다."

"믿지. 그리고 그것은 자네와 나만 아는 것으로 하지."

"알겠습니다."

그렇게 소나기를 피하기 위해, 혹은 세력을 가지기 위한 카이론의 결심이 행동으로 옮겨지고 있었다.

＊　　　＊　　　＊

동계 혹한기 전술훈련이 끝이 났다. 결과는 수많은 부상자와 사망자가 생겨났다. 압승도 아니고 신승도 아니었다. 모두가 피투성이가 되었다. 그리고 그 후폭풍은 거셌다.

미치도록.

"9특전여단장이 죽었어?"

"그렇습니다."

"누구에게?"

"보고에 의하면 6특전여단의 5전대장이라고 합니다."

"……."

르위스 공작은 자신의 앞에 앉아 있는 페르그노 백작을 바라보았다. 르위스 공작 앞에는 페르그노 백작과 힐데만 백작이 앉아 있다. 페르그노 백작은 날씬하며 약간은 유약한 느낌이지만 신중하고 날카로워 보였다.

그에 반해 힐데만 백작은 강인함 그 자체였다. 겉모습 그대로 페르그노 백작은 귀족파의 두뇌를 담당했고, 힐데만 백작은 무력을 담당했다.

"사실인가?"

르위스 공작이 다시 물었다. 믿을 수 없었기 때문이다. 최상급의 벽에 가장 근접했다는 9특전여단장이다. 그런데 그런 그가 훈련 중 사망했다. 그 때문에 국왕파와의 연합은 깨지고 전력은 약화되었다.

"사실입니다."

단정적으로 답하는 페르그노 백작이다. 잠시 생각에 잠긴 르위스 공작이다. 그러다 입을 열었다.

"군사재판은 어렵겠군."

"어려울 것입니다. 9특전여단장은 6특전여단 5전대장과 기사대전에서 패해 목숨을 잃었기 때문입니다. 게다가 6특전여단장과 9특전여단의 작전참모가 참관인으로 나섰고, 양 특전여단의 병력 모두가 지켜봤습니다. 그럼에도 군사재판을 연다면 이쪽이나 저쪽이나 모두 군사재판에 회부되어야 합니다."

그랬다. 빼도 박도 못했다. 하지만 르위스 공작은 고개를 저었다. 이대로 물러설 수는 없었다. 순순히 물러나기에는 당한 상처가 너무나 컸다. 9군단은 귀족파의 핵심 무력을 담당하고 있었다. 그리고 9군단의 핵심 전력은 기사단도 아니고 마법병단도 아닌 9특전여단이었다.

그런데 그 9특전여단의 여단장이 고작 전대장에게 죽었다. 이게 말이 되느냐 말이다. 체면과 위신이 한꺼번에 깎여 나갔다. 어떻게 보면 국왕파보다 더욱 처참하게 당한 경우라 할 수 있었다.

"아니야. 이대로 물러설 수는 없다."

"……."

그들의 주군인 르위스 공작의 심정이 그대로 루 페르그노 백작과 브라이언 힐데만 백작에게 전해졌다. 그들도 그것은 인정했다. 이것은 치욕이었으니까. 하지만 달리 방법이 없었다.

"왜? 불가능한가?"

르위스 공작은 페르그노 백작을 빤히 보며 물었다.

"군사적으로는 어려울 듯싶습니다."

"없다는 말은 아니로군. 무언가?"

"귀족평의회에 상정하는 방법입니다."

"군에 관한 일을 귀족평의회에 상정한다? 조금 어려울 것 같군."

르위스 공작은 난색을 표했다. 그도 그럴 것이, 귀족평의회와 군 문제는 엄연히 별개의 것이다. 하지만 페르그노 백작은 침착했다.

"군에 있는 장교는 모두 귀족입니다. 군에 있다고 해서 결코 귀족이라는 신분에서 자유로울 수는 없습니다."

"그렇긴 하지. 하지만 말이야, 귀족평의회에서 그것을 받아들일까? 군에서 덮은 일을 굳이 그들이 수면 위로 끌어올리려 할까?"

르위스 공작의 말에 페르그노 백작은 수긍하는 듯 고개를 끄덕이며 다시 입을 열었다.

"사실 귀족의 입장에서 군은 상당히 껄끄러운 존재입니다. 어떻게 보면 군이라는 것 자체가 국왕의 세력이라 할 수 있기 때문입니다. 사실 귀족파, 국왕파, 중도파가 각각 군 세력을 등에 업고 있지만 그들의 충성에 대해선 확신을 가지고 있지 못합니다."

"그렇지."

군부는 언제든지 변심할 수 있었다. 지금은 휴전으로 인해 자신들의 자리에 불안을 느낀 이들이 각각의 세력에 정착했지만, 그 목적이 결코 순수하지는 않았다.

"이번 기회에 그들에게 확실하게 인지시켜 줘야 합니다. 군인이기보다는 귀족이라는 것을 말입니다. 또한 국왕의 권력이란 귀족으로부터 나온다는 것을 말입니다."

페르그노 백작의 말에 슬며시 웃음을 떠올리는 르위스 공작이다. 과거에 군은 오로지 국왕의 세력이었으나 전쟁이 지속되며 그들의 충성심 역시 약화되었다. 그러함에 귀족들은 국왕의 가장 핵심 세력인 군부를 물어뜯기 시작했다.

왜냐하면 국왕의 권력을 약화시키기 위해서는 반드시 군부의 세력을 흡수해야만 했기 때문이다.

왕국이 건국된 초창기에는 국왕 직속 군대라는 개념이 없었다. 국왕 직속이란 겨우 근위대 정도일 뿐이다.

하나 잊힌 영광의 재현, 혹은 고토 회복이라는 명분 아래 바이큰 족과의 전투가 지속된 이래로 귀족들이 지원한 기사와 병사들은 서서히 국왕 아래로 조직화되기 시작하면서 오로지 국왕에게 충성을 바치는 군대가 생성되었다.

귀족들은 그들을 천대했다. 천대할 수밖에 없었다.

새롭게 귀족 사회에 포함된 군인 귀족들은 전쟁에서 공을 세운 천민이나 평민이었으니 말이다. 그들은 국왕에게 충성을 다했다. 국왕의 권력이 강할 때는 문제가 되지 않았으나 국왕의 권력이 약해지고 세력이 첨예하게 대립할 시에는 커다란 걸림돌이 되었다.

그리고 지금 귀족들은 깨닫고 있었다.

그들을 귀족으로 인정해 줌으로써 국왕으로부터 그들을 분리할 수 있음을 말이다. 그리고 그런 귀족들의 시도는 보기 좋게 성공하고 있었다.

군부가 갈갈이 찢어진 것이다. 국왕파의 세력은 점점 줄어들고 있었으며, 귀족파와 중도파의 세력은 점점 더 커지고 있었다.

페르그노 백작의 말은 그 세력의 불균형을 더욱더 가속화시키고 종래에는 귀족에 의한 정국의 주도권을 가져오자는 것이다.

"그런데 말이야, 우리가 나설 수는 없지 않은가?"

문제의 핵심은 바로 이것이었다. 그들은 너무나 잘 알려져 있었다. 그들이 문제를 제기한다면 분명 적지 않은 반발이 있을 것이다. 르위스 공작의 고심은 바로 거기에 있었다.

"적임자가 있습니다."

그때 지금까지 침묵하고 있던 힐데만 백작이 입을 열었다. 그에 르위스 공작의 시선이 힐데만 백작에게로 향했다.

"호오~ 적임자라? 누구인가?"

관심을 보이는 르위스 공작.

"에라크루네스 백작입니다."

"흐음."

들은 적이 있다. 아니, 본 적이 있다. 그는 다름 아닌 힐데만 백작의 사위였기 때문이다. 그 결혼식에 르위스 공작 역시 참석했다. 그 이후 단 한 번도 자신의 사위를 입에 담은 적이 없다. 그런데 그 사위를 입에 담고 있다.

"정확히는 소작의 외손자입니다. 사위가 병약하여 외손자가 몇 달 전 가문을 이어받게 되었습니다."

"호오~ 벌써 그렇게 되었나?"

"시간이 많이 흘렀습니다."

"그렇군. 그런데 그 외손자가 이번 일을 감당할 수 있다고?"

"6특전여단의 5전대장은 외손자의 이복동생입니다."

"흐음."

르위스 공작과 페르그노 백작은 대충 돌아가는 상황을 알수 있었다. 그리고 잠시의 침묵 끝에 르위스 공작의 입이 열렸다.

"에라크루네스 백작에게 이번 일을 맡기지. 그에 대한 모든 지원은 페르그노 백작이 담당하게."

"…알겠습니다."

명백하게 이번 기회를 통해 백작 가문을 이어받은 외손자의 위치를 더욱더 확고하게 하겠다는 것이다.

지금은 모르겠으나 언젠가는 5전대장이 에라크루네스 백작의 이복동생이라는 것이 알려질 것이다. 그때 이복동생의 힘이 더 강해진다면 에라크루네스 백작이 위험해질 수도 있었다. 위험해지지 않더라도 귀찮아질 수 있음은 명백하다.

그전에 제거하고자 하는 것이다. 이건 르위스 공작에게도 나쁘지 않았다. 페르그노 백작이 자신의 충복이라는 것을 모르는 자는 없었다. 그가 나선다면 성공은 하겠지만 귀족들과 기사, 그리고 군부로부터 지탄을 받는 것은 분명하다.

하지만 에라크루네스 백작이 나선다면 이야기가 달라진다. 가문 내의 문제로 축소될 가능성이 농후했다. 르위스 공작은 그에 따라 적당히 변죽만 울리면 그만이었다. 성공하면 좋고 성공하지 못하더라도 자신에게 피해는 없었다. 오히려 그것을 빌미로 에라크루네스 백작 가문에 영향력을 끼칠 수 있으리라.

* * *

"귀족평의회에 정당하지 못한 기사대전에 대한 처분 건으로 수아레스 에라크루네스 백작이 카이론 에라크루네스 5전 대장의 재판을 요구했습니다."

"하! 기어코 말썽이 되는군."

"상대적으로 르위스 공작 쪽이 입은 피해가 크니 어쩔 수 없는 선택이었을 겁니다. 아니, 발악이라 할 수 있을 것입니다."

"발악. 그래, 발악이겠지. 하지만 우리에게는 조금 곤란한 상황이 연출될 것 같군."

체스터 백작의 말 그대로였다. 사정을 잘 아는 군인들은 이번 동계 혹한기 훈련에 대해 어떤 반론이나 이의를 제기하지 않았다. 그래서 쉽게 넘어갈 줄 알았다. 그런데 의외의 곳에서 일이 터진 것이다.

"어떻게 했으면 좋겠나?"

"그를 거두신 것이 아니었습니까?"

"그가 그만한 가치가 있나?"

"제 의견을 묻는 것이라면… 충분합니다."

"그래?"

칼라시니코프 소령의 말에 슬쩍 그를 일별한 체스터 백작은 별다른 말을 하지 않았다. 그 모습에 칼리시니코프 소령은 가볍게 한숨을 내쉬었다. 체스터 백작이 저런 표정을 지을 때면 어김없이 자신과 정반대의 결과가 나오는 것을 알기 때문이다.

칼라시니코프 소령의 생각은 어김없이 맞아들어 가고 있었다. 체스터 백작의 입장에서 6특전여단의 5전대장은 계륵과 같은 존재였다. 그리고 이미 그렇게 바라 마지않던 자신의 목표를 달성했다. 1군사령관으로 내정된 것이다.

가장 큰 이유는 역시 비수 진지와 동계 혹한기 전술훈련에서의 성과였다.

그 중심에 자신의 사위와 5전대장이 있었다. 사위인 카플루스 자작은 자신의 손아귀 안에 놓고 움직일 수 있었다. 하지만 5전대장은 아니었다. 왠지 모르게 껄끄러웠다. 그 껄끄러움을 위기에서 오는 경계심으로 파악한 체스터 백작이다.

그 말은 5전대장이 결코 길들여지지 않은 야생마와 같다는 것을 의미한다. 다룰 수 없으면 버리는 것이 맞았다. 언젠가는 위험으로 다가와 목줄을 죄어올 테니까. 그래서 그는 오히려 잘됐다는 생각마저 들었다.

그런 미세한 체스터 백작의 결심을 읽은 칼라시니코프 소령은 인상을 찌푸릴 수밖에 없었다. 지금까지 자신은 체스터 백작의 결정을 반대한 적이 없었다. 반대한다 하더라도 자신의 결정을 번복할 체스터 백작도 아니고 말이다.

'하지만 이번에는 잘못된 결정입니다.'

칼라시니코프 소령은 속으로 그리 항변하고 있었다.

*　　　*　　　*

"나에게 명예를 더럽히라는 말인가?"

"그것이 어찌 명예를 더럽히는 일입니까? 애송이에게 직속 상관이 죽었습니다. 결투가 아닌 기사대전이었습니다. 기사대전에서 어찌 상대의 목숨을 취할 수 있다는 말입니까? 있을 수 없는 일입니다."

"하지만 아무리 그렇다 해도 그것은 본인 스스로가 택한 기사대전이었네. 그것을 들어 잘못을 따진다면 도대체 어떤 기사가 실력을 겨루려 한단 말인가?"

"그것은 실력을 겨루는 경우입니다. 기사대전이란 부족함을 깨닫고 자신의 검술을 갈고닦는 데 그 의의가 있습니다. 목숨을 취하는 자리가 아니라는 겁니다."

"옳지 못하네. 또한 나는 참관인으로서 진실할 것을 맹세했네."

수아레스 에라크루네스 백작은 자신의 앞에 있는 이 고집불통 같은 9특전여단의 작전참모 길버트 그레이엄 중령을 싸늘하게 바라보았다. 그리고는 조금 전과는 전혀 다른 목소리로 무언가 그의 앞으로 밀었다.

"뭔가?"

"보시면 알 것입니다."

그에 그레이엄 중령은 수아레스 에라크루네스 백작이 건넨 문서를 바라보았다. 담담하던 그의 얼굴이 점점 일그러지고 눈가가 잘게 떨리기 시작했다. 그리고 종내에는 서류를 잡은 두 손이 부들부들 떨리기까지 했다.

탁!

"이것을 어떻게……."

그레이엄 중령이 넋을 잃은 표정으로 나직하게 입을 열었
다.

"군인으로서 살아간다는 것은 상당히 힘든 일이지요. 세상
에 어디 청백리만 살아갈 수 있겠습니까? 적당히 때가 묻어야
세상을 살아가는 데 편하지요. 중령님께서는 나름 청백하게
살아오셨으나 털어서 먼지 안 나는 사람이 어디 있겠습니
까?"

"끄으음……."

수아레스 에라크루네스 백작의 얼굴에 비열함이 떠올랐
다. 그리고 침중하게 굳어지는 그레이엄 중령을 보며 또 하나
의 무언가를 들이밀었다. 그레이엄 중령은 말없이 그 무언가
를 바라볼 뿐이다.

"그것이면 현재 가문에 닥친 위기를 벗어날 수 있을 것입
니다. 아! 물론 전 그것을 드린 적이 없습니다. 그럼 나중에
뵙겠습니다."

그 말을 남기고 수아레스 에라크루네스 백작이 자리를 벗
어났다. 하지만 그레이엄 중령은 여전히 자리를 뜨지 못하
고 멍하니 탁자 위에 올려놓은 두 개의 물건을 바라볼 뿐이
다.

"어쩌자고… 어쩌자고 그리했단 말인가? 어쩌자고……."

그리 말하며 그레이엄 중령은 서류를 억세게 구겨 잡았다. 서류를 잡은 그의 손이 부들부들 떨리고 있다. 굵은 힘줄이 툭툭 불거지도록 말이다. 하나 그는 이내 지친 듯 뒤로 물러나 앉았다.

"미련했구나, 길버트 그레이엄이여. 하지만 어쩔 수 없구나."

한순간에 10년은 늙은 듯 탁하게 갈라진 쉰 목소리를 내는 그레이엄 중령이었다.

"전우를 버리라는 말인가?"

"전우? 전우가 뭡니까? 같이 피를 흘리며 싸운 자를 전우라 합니다. 그가 피를 흘렸습니까? 그와 도대체 얼마나 오랫동안 같이 땀을 흘렸습니까? 겨우 몇 달입니다. 그런데 전우라 할 수 있습니까?"

에라크루네스 백작의 말에 라자르 안젤레스 중령은 입을 다물 수밖에 없었다. 원래부터 별로 탐탁지 않게 생각하던 카이론 에라크루네스 중령이다. 그리고 지금 그의 이복형이란 자가 찾아와 자신의 속내를 시원하게 뚫어주는 말에 흔들리기 시작했다.

꼴 보기 싫었다. 겨우 열아홉을 겨우 넘긴 핏덩이가 와서 5전대장입네, 특별 훈련을 담당합네 하며 작전참모를 제치고 전략전술을 입안하는 꼴이 보기 싫었다. 위에서 아래로 내려다보는 그 멸시하는 듯한 눈초리도 싫었다.

"그래도……."

"답답하십니다. 여기서 멈추실 생각입니까? 겨우 중령에서 만족하실 요량이냔 말입니다."

"그럴 수는 없지."

"하면 무엇을 망설이십니까?"

"하지만 나는 군인일세."

"군인이기 이전에 귀족입니다. 귀족으로서 노블레스 오블리주에 반하는 일을 그저 보고 지나가실 생각이십니까? 옳지 않은 일은 바로잡아야 하지 않겠습니까? 작위로 따지면 제가 안젤레프 중령님께 말을 놓아도 되는 현실입니다. 하나 귀족에게는 귀족만의 법도가 있는 법입니다. 그것을 알기에 안젤레프 중령님을 이렇게 설득하고 있는 것이 아닙니까?"

참으로 달콤하고 간지러운 말을 서슴없이 내뱉는 수아레스 에라크루네스 백작이다. 하지만 안젤레프 중령은 참으로 듣기 좋았다. 원래 공명심이 많고 나서기를 좋아하는 성격인지라 에라크루네스 백작의 말에 혹하고 넘어가고 있었다.

"그리고 이거……."

"뭔가?"

대충 알고 있는 눈초리다. 그러함에도 슬쩍 물어보면서 의뭉을 떠는 안젤레프 중령이다. 그에 에라크루네스 백작은 흰 이를 드러내며 웃었다.

"얼마 전 특별훈련에서 전대원들이 고초를 겪었다 들었습니다."

"크흠. 흠!"

에라크루네스 백작의 말에 헛기침을 하는 안젤레프 중령. 애송이에게 보기 좋게 당해서 그 이후 그의 명을 따른 생각에 얼굴이 확 달아오르는 것을 느낀 탓이다.

"중령님께 충성하는 전대원들을 다독이자면 자금이 필요할 것입니다. 군대도 사람 사는 곳이니까요."

"험. 뭐 이런 걸 다."

그러면서 에라크루네스 백작이 내민 것을 슬그머니 잡아 품속으로 집어넣는 안젤레프 중령이다.

"그럼 법정에서 좋은 결과가 있기를 바라겠습니다."

"암, 당연한 일 아닌가? 그 천둥벌거숭이 같은 놈은 혼쭐을 내줘야 정신을 차리지. 염려 말게."

"부탁드리겠습니다."

깍듯하게 인사를 하고 돌아서는 에라크루네스 백작이다. 돌아선 그의 얼굴에는 이전과 다르지 않은 비열함이 깃들어 있다. 그는 밖으로 나오며 품속에 손을 집어넣어 무언가를 툭 건드렸다.

"어떻게 하시겠습니까?"

1군사령관 체스터 백작의 집무실. 그는 접견실에서 루 페르그노 백작을 만나고 있었다. 페르그노 백작을 대하는 체스터 백작은 그리 좋은 표정이 아니었다.

"지금 선택하셔야 할 겁니다. 고심의 시간이 길어진다면 둘 다 놓칠 수 있으니 말입니다."

"끄으응!"

기어코 체스터 백작의 입에서 앓는 소리가 흘러나왔다. 그리고 쉰 듯이 갈라진 목소리가 흘러나왔다.

"이쪽을 택하지."

"그렇습니까? 알겠습니다. 서로 주고받았으니 무승부인 셈이로군요."

그에 페르그노 백작이 일어서 살짝 고개를 숙인 후 등을 돌렸다. 접견실을 나서는 그의 등에 대고 체스터 백작이 나직하게 으르렁거렸다.

"약속은 반드시 지켜야 할 것이오."

우뚝!

체스터 백작의 말에 페르그노 백작이 잠시 걸음을 멈췄다.

그리고 고개도 돌리지 않은 채 입을 열었다.

"이 루 페르그노 백작, 비록 반대편에 서 있지만 신뢰는 잃고 살지 않았소."

"그대를 믿기에 동의한 것이오."

"고맙구려."

그 말을 남기고 페르그노 백작이 체스터 백작의 접견실을 벗어났다. 체스터 백작의 얼굴이 일그러지기 시작했다.

"으아아아악!"

와장창! 쨍그랑!

체스터 백작은 자신의 앞에 있는 찻잔과 찻주전자를 거침없이 쓸어버렸다. 깨지고 부서지며 요란한 소리를 냈다. 하지만 체스터 백작은 그것으로도 분이 풀리지 않는지 두 손으로 탁자를 거칠게 내려쳤다.

"와아아악!"

쾅! 쾅! 콰앙!

쩌적! 쿠르르!

돌로 만들어진 다탁이 여지없이 쪼개졌다.

"르위스 공작! 플렉스 르위스! 절대, 절대 용서치 않겠다!"

그때 접견실의 문을 열고 칼라시니코프 중령이 들어섰다. 그는 말없이 깨진 찻잔과 돌조각을 한쪽으로 치웠다. 그리고는 여전히 분을 삭이고 있는 체스터 백작 뒤에 시립했다.

그러자 체스터 백작은 의자에 깊숙이 상체를 묻었다.

"카이론 에라크루네스 중령을 버렸네."

"……."

"카플루스 자작을 버리기에는 그만한 지휘관을 키우기가 너무도 오래 걸려. 저들의 도발을 견디고 세력을 안정적으로 구축하자면 에라크루네스 중령보다 카플루스 자작이 적임이야. 하지만 말이야, 그 늙은 너구리 같은 플렉스 르위스는 어떻게 용서가 안 되는군. 내 반드시 그를 제거하고야 말 것이야."

"……."

넋두리 같은 체스터 백작의 독백을 말없이 듣고 있는 칼라시니코프 중령이다. 무표정을 가장하고 있지만 그의 심중은 복잡하기 이를 데 없었다.

'결국 이렇게 되는 것인가? 안타깝구나.'

시간이 조금만 더 있었더라면 이런 결과는 나오지 않았을 것이다. 하지만 그를 신뢰하고 등용하기에는 너무나도 시간이 촉박했다. 귀족들의 정치놀음에 또 한 명의 안타까운 인재가 사라지고 있었다.

* * *

"전원 기립!"

판사가 들어오자 외치는 소리에 법정 안에 있던 모든 이가 자리에서 일어났다가 판사가 자리에 앉는 것에 맞춰서 착석했다.

검사 측의 귀족평의회는 이례적으로 이번 사건을 크게 다뤄 판사 다섯 명을 두고 공개재판을 실시했다.

갑론을박이 진행되는 동안 군부에서는 귀족평의회의 공개재판이 월권행위라 반발했으나, 귀족평의회는 귀족으로서 자질이 미치지 못하고 명예에 오점을 남겼다면 그 누구든 귀족평의회의 심의와 재판을 받아야 한다며 강경한 자세를 고수했다.

그리고 그러한 귀족평의회의 고집은 그대로 적용되었다.

국왕파 역시 9특전여단장의 훈련 중 사망은 대단히 큰 충격이었고, 왕국의 전력에 대단히 큰 손실이었기 때문이다. 또한 귀족의 분노를 어느 정도 달래줄 필요가 있었다.

그래서 그 타깃으로 카이론 에라크루네스 중령을 도려내기로 한 것이다.

이런저런 사건과 의견이 상충하면서 결국 카이론은 군에서도 받지 않은 재판을 귀족평의회에서 받아야 했고, 끝으로 갈수록 팽팽하게 전개되던 대결 구도는 서서히 귀족들이 내

세운 의견으로 무게가 실리고 있었다.

그리고 오늘 그 마지막 판결을 위한 공개재판이 열리고 있었다.

"피고 카이론 에라크루네스 중령은 훈련 상황을 전투 상황으로 인지, 9특전여단장에게 기사대전을 신청했으며, 9특전여단장은 군인으로서, 또한 귀족으로서 기사대전을 받아들였습니다. 하지만 카이론 에라크루네스 중령은 자신의 사사로운 이익을 위해 명예로워야 할 기사대전에서 왕국의 검이라 할 수 있는 스트라이든 말코비치 자작의 피를 뿌렸습니다. 이는 귀족의 명예를 더럽히고 군의 사기와 기강을 저해하는 행동으로 본 검사는 카이론 에라크루네스 중령의 직위를 박탈시키고 사형을 건의하는 바입니다."

검사 측에서 사형이 거론되었다.

"변호인, 마지막 변론을 하시오."

"존경하는 재판장님, 카이론 에라크루네스 중령은 비수 진지를 개척하는 쾌거를 이룩했고, 6군단의 수많은 기사와 귀족의 목숨을 앗아간 고야틀레 천부장을 죽였습니다. 또한 이번 동계 혹한기 전술훈련에서 그의 행동은 정당한 행동으로써 그 피해를 최소화시킨 최고의 선택이었습니다. 만약 카이론 에라크루네스 중령이 기사대전을 신청하지 않았다면 더 많은 귀족과 장교들이 죽었을 것이라 판단됩니다. 그의 행동은 정당했고 또한 9특전여단의 작전참모와 6특전여단의 여단장이 참관인으로 그 모든 것을 인정했으며, 그 외 9특전여단 전원, 6특전여단 전원이 관전한 바, 그에 혐의가 없음으로 무죄입니다."

변호인은 당연히 무죄를 주장했다. 하지만 변호하고 있는 변호인은 결코 확신하지 못했다. 이 사건은 결코 정당한 방법에 의해 이루어진 재판이 아니었기 때문이다.

결정적으로 참관인이던 9특전여단 작전참모인 길버트 그레이엄 중령의 번복된 증언과 6특전여단의 4전대장으로 있는 안젤레프 중령의 결정적인 증언으로 카이론에게 지극히 불리해져 있었다. 그때의 상황을 아직도 선명하게 기억하고 있는 군 변호사였다.

그들은 제대로 눈도 마주치지 못했다. 카이론을 외면한 채 오로지 군 검사를 바라보며 증언했다. 그때 카이론의 입가에 떠오른 싸늘한 미소는 평생 동안 잊지 못할 것이다. 그렇게 군 변호사가 침중한 표정으로 회상에 잠겨 있을 때, 마침내 재판장이 입을 열었다.

"마지막으로 피고 카이론 에라크루네스 중령에게 스스로를 변호할 시간을 주겠다. 변호하겠는가?"

재판장의 말에 카이론이 자리에서 일어났다. 그리고 주변을 한번 훑어보았다. 쓱 보기에도 쟁쟁한 사람들이 모여 있었다. 르위스 공작은 물론이요, 페르그노 백작과 체스터 백작, 카플루스 자작, 그리고 자신에게 절대적으로 불리한 증언을 한 그레이엄 중령과 안젤레프 중령까지.

그들을 향해 흰 이를 드러내며 웃던 카이론이 묵직한 목소리로 입을 열었다.

"나는 귀족이기 전에 군인이오. 귀족의 의무라고 했으나 도대체 누가 나를 귀족으로 인정했는지 모를 지경이오. 그래서 나는 귀족이기보다는 군인이라 했소. 군인은 평상시에는 전시에 대비하여 극한의 훈련을 견디고 전시에는 최후까지 한 명의 적이라도 죽이기 위해 피 구덩이 속에서 살아야 하오. 나는 군인이 그런 것인 줄 알았소. 귀족 또한 그렇소. 약자를 보호할 줄 알았소. 공명정대하며 국왕에 충성하는 줄 알았소. 그런데 나는 이곳에서 알게 되었소. 귀족도 군인도 결코 욕심 많은 상인과 다르지 않다는 것을 말이오."

"저, 저……."

"저런 망발을……."

"이런 쳐 죽일 놈을 보았나."

"도대체 이곳이 어디라고. 뚫린 입이라고 잘도 주절거리는구나."

카이론의 말에 법정이 소란스러워졌다. 재판장 역시 불쾌한 표정이 되었다. 하지만 최후의 변론이기에 법정을 진정시켜야만 했다.

땅! 땅! 땅!

"조용, 조용하시오!"

"힘이 약해 물러나지만 나는 돌아올 것이오. 그리고 분명히 말하겠소. 내가 돌아오는 날, 이 왕국은 피에 잠기게 될 것이오."

"저, 저런……."

다시 법정이 소란스러워졌다. 카이론에게 가지고 있던 무언가를 던지는 귀족도 있었다. 사방에서 욕설이 터져 나오고 심지어는 교수형에 처하라는 말까지 나왔다. 그에 재판장은 빠르게 판결을 읽어나갔다.

"피고 카이론 에라크루네스 중령은 이 시간부로 직위 해제하고 징역 30년에 처한다."

땅! 땅! 땅!

귀족평의회의 법정이 웅성거리기 시작했다. 특히 검사 측에서는 소리 없는 함성이 터져 나오고 있었다. 그 중심에는 수아레스 에라크루네스 백작이 있었다. 수아레스와 카이론의 시선이 부딪쳤다.

비웃는 듯 미묘하게 일그러진 수아레스의 표정. 그것을 바라보는 카이론. 카이론이 일어섰다. 그는 죄수복을 걸쳤으나 여전히 그의 죄수복 내부에는 칠흑의 풀 플레이트가 존재했다. 간수들과 마법사들이 용을 쓰고 벗겨내려 했지만 결코 벗겨지지 않아 포기하고 죄수복을 입힌 것이었다.

"크크, 죽음의 전사께서 이제는 죄수가 되었군."

수아레스가 걸어오며 비아냥거렸다. 카이론은 위에서 아래로 눈을 내리깔고 수아레스를 바라보았다.

"고맙군."

"뭐라?"

비웃음을 떠올리고 있던 수아레스의 얼굴이 굳어졌다. '고맙다'는 말 때문이다.

"귀족들의 비열함을 알려줘서."

카이론의 음성은 그리 크지 않았으나 귀족들의 얼굴은 새파랗게 질려가고 있었다. 귀족들의 비열함이란 정당한 방법에도 불구하고 자신을 죄인으로 만든 비열함일 것이다. 군사재판이 아닌 귀족평의회에 의해 공개재판이 열린 것 역시 마찬가지였다.

두 명의 기사가 카이론의 팔을 붙잡아 그를 끌었으나 꿈쩍도 하지 않는 카이론이다. 아무리 안간힘을 써도 카이론은 움직이지 않았다. 그 자리에 서서 카이론은 법정을 훑어보았다. 그리고 흰 이를 드러내며 웃었다.

몇몇 간담이 약한 귀족은 카이론의 그런 모습에 자신도 모르게 고개를 숙이고 서둘러 법정을 빠져나가고 있었다. 그런 카이론의 시선에 몇 명의 장교가 잡혔다. 바로 체스터 1군사령관과 6특전여단장인 카플루스 자작이다.

저벅저벅.

카이론이 걸어감에 그의 행동을 제지하려던 기사 둘이 질질 끌려갔다. 카이론의 걸음은 마치 아무런 거치적거림도 없다는 듯한 모습이다. 믿을 수 없는 일이었다. 지금 카이론은 마나 제어 수갑을 차고 있었으니까 말이다.

"이 은혜는 꼭 기억하도록 하지."

카이론은 1군사령관 체스터 백작에게 다가가 말했다. 체스터 백작의 얼굴이 일그러졌다. 모욕적인 언사였기 때문이다.

"천둥벌거숭이 같은 놈! 어디서!"

"당신은 당신의 머리를 믿어 판단했겠지만 머지않아 저주하게 될 것이오. 지금의 판단을."

"이익!"

카이론의 말에 분함을 참지 못해 발작하려는 체스터 백작이었으나 그의 팔을 잡는 이가 있었다. 그가 1군사령관으로 영전하며 그를 따라 영전한 칼라시니코프 중령이었다. 그의 억센 팔이 체스터 백작을 붙잡았다.

그런 칼리시니코프 중령을 바라보던 카이론이 싸늘하게 웃었다.

"사내의 복수는 10년이 걸려도 결코 늦지 않는 법. 내가 돌아오는 그날, 그대들의 목숨을 거둘 것이다."

그 말을 남기고 카플루스 자작을 일별한 후 걸음을 옮겨 법정을 나서는 카이론이었다. 이제 기사들은 카이론을 제어하지 않았다. 제어할 수 있는 수준의 인물이 아님을 알기 때문이었다.

카이론은 임시 뇌옥으로 가는 도중 곁에 있는 기사에게 물었다.

"내가 갈 곳이 어디지?"

"알카트라즈."

그에 카이론이 씨익 웃었다.

"좋은 곳이로군."

그에 그의 곁을 지키던 기사의 얼굴이 딱딱하게 굳었다. 알카트라즈. 그곳은 원래 작은 분지였다. 하지만 말이 분지지 그 자체가 하나의 천연의 감옥이라 할 만했다. 우선은 사면이 절벽에 가까운 산으로 둘러싸여 있었다.

알카트라즈를 둘러싸고 있는 깎아지른 듯한 산은 각각 북쪽으로는 아케론(고뇌), 남쪽은 플레게톤(불), 동은 코키투스(탄식), 서는 레테(망각)이라는 절벽으로 둘러싸여 있고 그 절벽의 높이는 대략 200미터였다. 또한 그 네 개의 산을 빙 둘러 폭 200미터, 수심 60~100미터의 스투크스 강으로 둘러싸여 있었다. 스투크스란 명부(冥府)를 의미하며 바로 지옥을 말한다. 스투크스는 지옥의 강이었다.

스투크스 강을 지나 알카트라즈로 가는 것은 오직 카론의 다리를 통해서만이 가능했다. 카론은 지옥의 강이라 불리는 스투크스를 왕래하는 나룻배의 사공으로 사람들은 알카트라즈로 통하는 다리를 카론의 다리라 불렀다.

스투크스 강이 지나지 않고 카론의 다리가 지나가는 넓은 지역은 리자드맨과 크로커다인(악어 인간), 히드라 등의 몬스터가 즐비한 엘리바가르 습지가 넓게 펼쳐져 있었다. 한마디로 한 번 들어가면 시체가 되어서야 나올 수 있다는 극악의 요새와 같은 감옥이었다.

그런데 그런 알카트라즈를 좋은 곳이라고 하다니 강심장도 이런 강심장이 없었다. 간수들이나 죄수를 호송하는 기사나 그 대담한 말에 고개를 저을 뿐이었다. 알카트라즈로 이송하기 전, 임시로 수감하는 감옥 앞에 도착하자 간수장이 나와 있었다.

간수장은 카이론의 목과 두 팔, 허리, 그리고 두 발목에 채워진 마나 제어 수갑을 보더니 인상을 찌푸렸다. 한 달 내내 카이론을 보아온 간수장이다. 죄수이기에 어쩔 수 없는 일이기는 했지만 왠지 모르게 지금 카이론이 받는 대우가 매우 부당하다는 느낌이 들었다.

기사들은 카이론을 간수장에게 인계했다.

"인수받았소."

"그럼 수고하게."

말을 마친 두 명의 기사는 빠르게 자리에서 벗어났다. 카테인 왕국의 수도에 위치한 귀족평의회 건물에 딸린 감옥이라고는 하지만 감옥이라는 것이 기본적으로 죄수들을 수감하기 위해 만들어진 곳이다.

튼튼하기는 이루 형언할 수 없을 정도이지만 죄수들을 위해 위생을 강조하거나 하지는 않았다. 때문에 감옥은 축축하고 역겨운 냄새가 코를 찌를 수밖에 없었다. 때문에 기사들은 린넨 천으로 코를 막고 황급히 자리를 벗어난 것이다.

"고생하셨소."

간수장은 카이론에게 이놈저놈 하지 않았다. 아니, 오히려 깍듯하게 대했다. 그는 손수 열쇠 꾸러미를 들어 카이론의 목과 양팔, 양발에 채워진 마나 제어 수갑을 풀어 한쪽으로 던졌다.

"갑시다."

"……."

다른 죄수와는 천양지차의 대우였다. 다른 죄수라면 간수장은커녕 간수조차 나오지 않을뿐더러 마나 제어 수갑을 풀지도 않고 경비병들에게 몽둥이찜질을 당하기 일쑤였다. 하나 카이론에게는 그러지 않았다.

카이론은 말없이 간수장의 뒤를 따라 걸음을 옮겼다. 음습하고 축축한 동굴과도 같은 감옥이었다. 카이론의 방은 가장 안쪽에 위치해 있었다. 그의 독방으로 가기 위해서는 좌우로 펼쳐진 감방에서 소름 끼치도록 기괴한 소리를 들어야만 했다.

"끄으, 죽여줘어……."

"크아아악! 죽여 버리겠다! 죽여 버리겠어! 크하하하악!"

"켈켈켈, 그놈 참 실하구나. 맛있겠어."

비명 소리와 애원, 혹은 입맛을 다시는 소리까지 보통의 사람이라면 그 자리에서 오줌을 지렸을지도 모를 그런 악다구니가 들려왔지만 카이론이 꿈쩍도 하지 않았다. 길고 긴 복도를 지나 막다른 곳에서 간수장은 열쇠로 녹슨 철문을 열었다.

끼이이익!

"여기요."

끄덕.

대답 대신 고개를 끄덕인 후 어두컴컴한 독방으로 들어서는 카이론이다. 독방에 들어선 카이론은 주변을 둘러보았다. 천장에서는 물이 뚝뚝 떨어지고 있고 시커먼 해골과 어른 주먹보다 큰 쥐가 여기저기를 어지럽게 돌아다니고 있었다.

후우우웅!

카이론의 몸에서 뜨거운 열기가 뿜어져 나왔다.

화르륵!

축축하게 젖어 있던 무언가가 타오르자 뼈와 쥐는 순식간에 한 줌의 재가 되어버렸다. 그 모습을 지켜보던 간수장은 역시라는 표정으로 고개를 끄덕이며 녹슬고 두툼한 철문을 닫았다.

"고맙소."

그가 철문을 닫기 전 카이론이 낮은 음성으로 말했다. 그에 간수장은 아무런 말도 하지 않은 채 무뚝뚝하게 고개를 끄덕이며 철문을 닫았다. 그리고 철문이 닫히기 바로 전 그의 입에서 쉰 듯한 소리가 흘러나왔다.

"이송은 아마 일주일 후가 될 것이오. 그때까지 편히 쉬시길."

"그렇군."

간수장은 철문을 완전히 닫기 전 카이론을 바라보았다. 카이론은 어느새 독방의 정중앙에 앉아 허리를 꼿꼿하게 세운 채 결가부좌를 하고 있었다. 그에 간수장은 눈을 반짝 빛냈다.

처음 보는 자세이기는 하지만 무언가 느낌을 전해주는 그런 자세이다. 그 자세 하나로 그가 완전히 평온을 되찾고 있음을 알 수 있었다.

"그럼……"

끼이익! 쿠웅!

저벅저벅.

철문이 닫히고 간수장의 걸음이 멀어졌다. 카이론은 눈을
감았다. 그는 그 순간 자신의 내면으로 침잠해 들어가기 시작
했다. 이계에 진입한 이후 처음으로 가지는 오로지 자신만의
시간이다.

다른 어떤 것도 생각할 필요 없는 오직 자신만의 시간 말이
다. 그의 숨이 점점 가늘어지고 길어졌다. 그리고 종내에는
숨을 쉬는 것인지 쉬지 않는 것인지 모를 정도의 상태가 되었
다.

세상이 적막으로 접어들었다. 일정한 발자국 소리와 기괴
한 비명 소리가 공허하게 감옥을 맴돌고 있다.

얼마의 시간이 지났는지 모르겠다. 일정한 간격으로 식사
가 들어왔지만 식사를 하지 않은 지 벌써 며칠째. 시간이 어
떻게 흘러가는지조차 제대로 인지하지 못할 즈음 카이론의
감겨 있던 눈이 스르르 떠졌다.

끼이이익! 쿵!

두꺼운 철문이 열렸다. 그리고 며칠 만에 카이론의 입이 열
렸다.

"어떻게 된 건가?"

"바늘 가는 데 실은 필수잖습니까?"

카이론의 눈앞에 있는 이들은 키튼 상사, 엔그로스 대위, 카르타고 대위, 바이에른 대위, 그리고 마하리쉬 대위였다. 그 말에 카이론은 피식 웃음을 흘렸다. 이들은 아마도 카플루스 자작의 보호를 거부했을 것이다.

카이론은 카플루스 자작에게 그들을 부탁했다.

"누구 생각인가?"

그렇게 물으면서 카이론의 시선이 마하리쉬 대위에게로 향했다. 이미 그일 줄 알았다는 듯이 말이다. 그에 씨익 웃음을 드러내는 마하리쉬 대위이다.

"에라크루네스 백작과 거래를 했습니다. 전대원에게 어떤 위해와 불이익을 가하지 않겠다는 조건으로 말입니다."

"…잘했군."

호통을 쳐도 모자랄 판에 잘했다고 한다.

"그나저나 그 거추장스러운 것들은 다 뭔가?"

"아시잖습니까. 마나 제어 수갑과 족쇄입니다. 저희들은 대장님처럼 강하지 못해서 말입니다."

"아직 멀었군."

"그래서 이렇게 대장님을 찾아오지 않았습니까?"

"갈 때까지 차고 있어."

"네?"

카이론의 말에 되묻는 키튼 중사였다.

"수련이라 생각해."

수련이라는 말에 다들 눈살을 찌푸렸다. 그중 마하리쉬 대위의 얼굴이 급격하게 어두워졌다. 이 중 무력으로 치자면 가장 약한 이가 바로 마하리쉬 대위였다. 그는 아직 익스퍼트에도 들지 못했다.

"견뎌. 효과는 있을 테니까."

카이론의 한마디에 다들 고개를 끄덕이고 그를 중심을 좌우로 앉아 가부좌를 틀었다. 다른 이들에게는 모르나 그들에 있어서는 아주 편한 자세였다. 그렇게 그들은 침묵에 빠져들었다. 이송되지 직전까지 그들은 그 자세를 풀지 않았다.

같이 식사를 하고 같이 호흡을 했다. 이런 감방에 들어오면 눈이 흐릿해지고 체력적으로 약해져야 하는 것이 정상이지만 그들은 오히려 눈이 더 청명해지고 살은 좀 빠졌으나 더 가뿐해짐을 느끼고 있었다.

그 와중에,

끼이익! 쿠웅!

"가실 시간입니다."

간수장의 말에 카이론은 조용히 눈을 뜨더니 결가부좌를 풀고 걸음을 옮겼다. 그가 두꺼운 철문 앞에 이르자 예의 마나 제어 수갑이 채워졌다. 카이론에게는 아무짝에도 소용없는 물건이었으나 형식은 갖춰야 했으니까.

카이론의 뒤로 다섯 명이 따랐다.

철컹철컹!

마나 제어 수갑 부딪치는 소리가 공동을 울렸다. 그 소리가 어찌나 처량한지 마치 장송곡과도 같았다. 그래서 그런지 평소 그렇게 울부짖던 죄수들조차 오늘은 조용했다. 공동이 끝나고 마침내 외부로 나왔다.

카이론과 그를 따르는 다섯 명은 눈살을 찌푸렸다. 불과 며칠이지만 그동안 햇빛을 보지 않았다고 세상을 밝히는 빛에 어지러움을 느낀 것이다. 그곳에는 그들을 호송하기 위한 기사들이 대기하고 있었다.

그리고 카이론을 보기 위해 모인 이들도 있었다. 그중에는 카플루스 자작과 수아레스 에라크루네스 백작도 있었다. 먼저 카이론을 향해 다가온 이는 수아레스였다. 그는 입꼬리를 말아 올리며 입을 열었다.

"내 선물이 어떤가?"

"고맙더군."

"클! 그놈의 고맙다는 말은. 잘 지내보라고. 가는 길이 험하더라도 잘 도착해서 오래오래 살아보라고. 돌아올 날을 기다리지."

"건강해라. 내가 돌아올 때까지."

"클클! 가서 울지나 말거라."

그러면서 사라져 가는 수아레스였다. 그리고 걸음을 조금 옮기자 이번에는 카플루스 자작이다. 그의 얼굴은 시꺼멓게 죽어가고 있었다.

"미… 안하네."

잠시 카플루스 자작을 바라보던 카이론이 입을 열었다.

"저에게 미안해하실 필요 없습니다. 힘이 없음을 한탄하셔야 합니다."

카이론의 말에 카플루스 자작은 멀뚱히 그를 바라봤다. 그러다 입을 열었다.

"왜 스스로를 변호하지 않았나?"

"달라질 것이 없기 때문입니다. 고대 어느 현자의 말에 소나기는 잠시 피하는 것이라 했습니다."

"소나기로 보는가?"

"눈에서 멀어지면 마음에서도 멀어지는 법. 잊힐 것입니다."

"방심을 기다리겠다는 것인가? 그러기에는 상대가 너무 거대하군."

카플루스 자작의 물음에 카이론이 흰 이를 드러내며 웃었다.

"재미있지 않겠습니까?"

카이론의 말에 입을 닫은 카플루스 자작이다. 도대체 이런 무한한 자신감은 어디에서 나오는 것이란 말인가? 보통의 사람이라면 죽음을 예감하고 현 상황에 대해 한탄할 것이 분명했다. 그런데 재미있단다.

"…기다리지."

"오래 걸리지는 않을 것입니다."

"그런가? 그렇다면 다행이로군."

카플루스 자작의 얼굴이 풀렸다. 지금 이 순간 이유는 모르겠지만 카이론의 말처럼 될 것 같았기 때문이다. 오히려 자신이 위로를 받고 있는 것처럼 느껴졌다.

"가야 할 시간이군요."

카이론이 걸음을 옮겼다. 그 뒤를 다섯 명이 따랐다. 그때 라마나 마하리쉬가 카플루스 자작의 곁을 스쳐 지나가며 무언가를 그에게 건넸다. 그것은 누구도 보지 못했다. 카플루스 자작 역시 어떤 표정도 드러내지 않았고, 그들이 모두 사라진 후에야 라마나 마하리쉬가 준 무언가를 펼쳐 보았다.

그리고는 의미심장한 웃음을 떠올렸다.

제2장

알카트라즈

Warrior

왕국의 수도를 벗어난 인적이 드문 곳.

지금까지 카이론과 그의 일행에게 어느 정도 자유를 주고 느긋하게 움직이던 호송기사의 태도가 돌변했다.

"빨리 움직여라!"

호송기사가 이끄는 행렬에는 카이론과 그 일행만 있는 것이 아니었다. 알카트라즈로 향하는 다른 죄수들도 있었다. 기사와 병사들은 다른 죄수들에게는 윽박질렀으나 카이론 일행을 향해서는 소리를 높이지 않았다.

그들의 모습이 죄수라고 보기에는 너무도 당당하기 그지

없었기 때문이다. 오히려 기사나 병사들이 위축될 정도였다.

'씨발! 무슨 죄수가 저리도 당당하냐?'

'죄수가 맞긴 맞아?'

범접할 수 없는 기세에 호송을 담당하는 기사마저도 그들에게 함부로 말하지 못했다. 하지만 다른 죄수들은 달랐다. 추레한 모습에 질질 끄는 그들의 발걸음은 그렇지 않아도 짜증이 나는 호송 일정의 분풀이를 하기에 딱 적당했다.

이 행렬에서는 힘을 가진 자와 힘을 빼앗긴 자가 극명하게 갈렸다. 카이론과 그 일행은 그들의 가장 선두에서 당당히 걸음을 옮기고 있었고 나머지 죄수들은 그들의 뒤를 따르며 병사들의 분풀이 대상이 되고 있었다.

쫘아아악!

"끄윽!"

호송하는 병사의 채찍이 내려쳐지며 한 죄수의 등판을 그대로 가격했다. 죄수는 비척이며 걸음을 옮기는 도중에 채찍을 이기지 못하고 풀썩 쓰러졌다. 그러자 병사는 오히려 더 크게 화를 내며 죄수를 발로 밟기 시작했다.

"이 개새끼가 어디서 잔꾀를 부려? 앙? 죽여줄까? 죽여줘? 죽어! 죽어, 이 새끼야!"

연신 발로 죄수를 밟아대는 호송병사. 죄수는 몸을 웅크린 채 반항조차 하지 못했다. 카이론은 슬쩍 고개를 돌려 그 모습을 무심하게 바라보았다. 그러다 툭 치는 호송병사에 의해 걸음을 옮겼다.

그런 일은 계속 반복되고 있었다. 하루, 이틀, 사흘, 나흘… 호송 행렬은 계속되었고, 그 행렬 도중에 죄수들은 구타당하고 죽어갔다. 제대로 된 음식이 주어지는 것도 아니고 제대로 치료해 주지도 않았다.

"죽여! 이 개새끼들아! 죽여! 죽이란 말이다!"

그리고 기어코 일이 터졌다. 죄수 중 한 명이 병사에게 달려들었다. 지금껏 조용히 잘 견뎌오던 죄수 중 한 명의 눈이 까뒤집힌 것이다.

"어? 어! 이, 이 새끼가……!"

병사는 당황했다. 하지만 이미 늦었다. 죄수는 미친 듯이 달려들어 병사의 목을 물어뜯고 있었다.

"끄어, 끄어억!"

목덜미에서 솟아나는 핏줄기를 두 손으로 막으며 연신 펄떡이는 병사와 잠시 멍한 상태의 병사들. 하나 그것은 잠시였다.

"죽여!"

호송기사의 말이 떨어짐과 동시에 몇 자루의 창이 동시에 아직도 병사의 목덜미를 물고 있는 죄수를 향해 날아갔다.

쉬시시식!

"끄으으~"

하지만 죄수는 결코 병사의 목덜미에서 입을 떼지 않았다. 창에 찔리고 또 찔렸다. 피가 솟구치며 뼈가 보이고 내장이 튀었다. 그럼에도 죄수는 병사의 목덜미를 물고 늘어졌다.

호송병사들이 서둘러 병사로부터 죄수를 떼어냈다.

"커허~ 쿨럭쿨럭!"

병사의 입에서 죄수의 것과 똑같은 소리가 흘러나왔다. 죄수를 떼어내자마자 병사는 입을 벌린 채 서서히 숨을 멈췄고, 그 모습을 본 죄수는 입에 물고 있던 살점을 뱉어내며 킬킬거리며 웃었다.

그런 죄수에 다가간 기사는 검을 꺼내 들어 거침없이 죄수의 목을 내려쳤다. 검붉은 핏물이 사방으로 튀었다. 호송기사는 무표정하게 검에 묻은 피를 죽은 죄수의 더러운 옷에 쓱쓱 문질러 닦아낸 후 다시 허리에 찼다.

"인식표를 떼어낸 후 출발한다."

"명!"

그것으로 또 한 명의 죄수와 병사가 죽었다.

호송 행렬은 계속되었다. 그 이후 한동안 호송 행렬은 조용했다. 병사들 역시 조용했고 죄수들 역시 마찬가지였다. 가는 길에 몬스터를 만난 적도 있고 산적을 만나기도 했다.

그때마다 죽어나간 것은 역시 죄수들이었다. 기사들과 병사들은 죄수를 방패막이로 사용했다. 죄수를 먹이로 사용해 몬스터를 찔러 죽였고, 산적들의 검과 창을 죄수들을 이용해 막아내고 그 틈을 노려 산적을 소탕했다.

처음 출발했을 때 일백에 이르던 죄수는 어느새 서른 명 안팎으로 줄어 있었다. 하지만 아직 그들의 고난은 끝나지 않았다.

"죄수를 앞세운다!"

이번에도 죄수들이 앞에 섰다. 하지만 이전과는 전혀 다른 행동을 보였다. 그들은 한 명을 중심으로 모여들고 있었다.

십수 번이나 계속된 습격에서 살아남은 그들의 중심에 선 자가 있었으니 바로 카이론과 그를 따르는 일행이었다. 그를 중심으로 모인 죄수들이 앞장서고 병사들은 그들 뒤로 물러나며 전투를 준비했다.

카이론이 가장 앞에 서고 그 좌로 키튼, 미켈슨(바이에른 대위), 시모 하이하, 우로는 프라이머(엔그로스 대위), 해머슨(카르타고 대위), 그리고 라마나(마하리쉬 대위)가 쐐기 모형으로 섰다.

그중 시모 하이하는 새로 카이론의 무리에 합류한 자로서 160㎝ 정도의 상당한 단신이지만 몸은 지극히 단단하고 날렵했으며, 원래는 6군단 정찰대의 정찰 중대장이었다.

작전 도중 적의 간계에 넘어가 중대원 전체가 전멸당하고 그는 포로로 잡혔다. 그는 바이큰 족으로부터 모진 고문을 당했으나 불굴의 의지로 탈출하는 데 성공했다. 하지만 그에게 돌아온 것은 간첩 혐의.

그는 다시 고문을 당했다. 하지만 결코 허위로 자백하지 않았다. 결국 그가 향할 곳은 바로 알카트라즈밖에 없었다. 호송 도중 시모 하이하는 곧바로 카이론의 휘하로 들었다. 그는 죽음의 전사를 알고 있었다.

그렇게 그는 카이론을 따르는 한 축으로 서서히 자리매김하기 시작했다. 그러하기에 카이론의 좌측 날개를 형성하는 데 주저하지 않은 것이다. 그리고 그 쐐기 모양 안쪽으로 살아남은 죄수들이 돌이나 나무 막대기를 들고 섰다. 그들은 죄수였지만 지금 이 순간은 삶을 위해 투쟁하는 전사와 같았다.

"취이익! 인.간. 죽.인.다!"

"취에엑!"

오크 무리가 녹슬고 이가 빠진 배틀 엑스를 들고 죄수들을 향해 내달렸다. 그 순간 카이론은 번개처럼 앞으로 뛰어 나가며 가장 앞에서 달려오는 오크의 복부를 향해 그대로 어깨로 들이받았다.

꽈직!

"꾸에에엑!"

단순히 들이받았다고 해서 나올 법한 비명은 아니었다. 카이론은 어느새 두 손을 구속하고 있는 마나 제어 수갑에 연결된 사슬로 오크의 허리를 끌어안고 있었다.

와드득!

순수한 힘에 의해 오크의 척추가 부러지며 오크는 들고 있던 배틀 엑스를 놓쳤고, 그의 곁에 있던 키튼은 어느새 그 배틀 엑스를 잡아채 다가오는 오크의 머리를 쪼개고 있었다. 카이론은 죽은 오크를 그대로 집어 들어 무기처럼 휘둘렀다.

퍼버벅!

"뀌이익!"

또 한 마리의 오크가 턱뼈가 부서지며 쓰러졌고, 또 하나의 무기가 죄수의 손에 들렸다. 이 전투에는 카이론만 있는 것이 아니었다. 무기도 없고 두 손과 두 발이 구속되어 있지만 수많은 전장을 누빈 키튼, 프라이머, 미켈슨, 헤머슨, 라마나가 있었다.

그들이 활약은 카이론을 제외하곤 단연 돋보였다. 오크의 배틀 엑스를 피하며 낭심을 걷어찼다. 흙을 쥐어 오크들의 눈에 뿌리고 목을 물어뜯었으며, 쇠사슬로 목을 부러뜨리고 어린아이 머리통만 한 돌을 들어 함성을 지르는 오크의 입에 처박았다.

비록 구속되고 무기조차 없었지만 그들의 활약은 압도적이었다. 그런 그들의 모습을 지켜보는 병사들은 마른침을 삼켜야 했고, 호송기사도 낮게 침음성을 흘렸다.

'어쩌면 저들은 이것을 수련이라고 생각할지도…….'

그때 호송기사장은 불현듯 자신의 뇌리를 스치고 지나가는 불길함에 전신을 가볍게 떨었다. 수십 번의 전투가 있었다. 그 와중에 병사들도 죽고 죄수는 무려 7할가량이 죽어나갔다.

죄수들이 달라지기 시작한 것은 대략 며칠 전부터이다. 그들이 한 사람을 중심으로 뭉치기 시작하면서 죽어나가는 죄수가 줄어들었다. 그리고 지금은 마치 잘 훈련된 군인을 보는 것 같은 느낌마저 들었다.

마구잡이로 싸우고 있는 듯 보이지만 죄수들은 유기적으로 서로에게 등을 맡기며 적절하게 견제와 방어, 그리고 공격을 해가며 오크들을 압박하고 있었다. 처음과 달리 죄수들은 어느새 배틀 엑스를 들고 있었다.

인간보다 근력이 강한 오크인지라 배틀 엑스가 결코 가볍지 않았다. 하지만 죄수들은 그 배틀 엑스를 한 손, 또는 두 손으로 들고 거침없이 휘두르며 오크들을 죽여 나가고 있었다. 병사나 기사가 나설 필요도 없었다.

그러는 사이 어느새 장내는 서서히 정리되고 있었다.

"꾸이이이익!"

마지막 남은 오크 한 마리가 구슬픈 비명을 지르며 죽어갔

다. 카이론은 무표정한 얼굴로 그런 오크를 보다 다시 원래의
자리로 걸음을 옮겼다.

주춤주춤!

전방을 경계하던 병사들이 주춤거리며 물러나더니 창과
방패를 내리고 경계를 풀며 카이론에게 자리를 내주었다. 자
리로 돌아온 카이론은 두 손에 들린 거대한 배틀 엑스를 툭
자신의 발치에 던졌다.

그러자 나머지 살아남은 죄수들 역시 카이론이 던져 놓은
곳에 오크들에게서 획득한 무기를 던졌다. 그리고는 키튼과
라마나가 카이론의 좌우로 섰고, 죄수들은 자연스럽게 3열종
대로 줄을 섰다.

완벽한 군대였다. 카이론이 뭐라고 말하는 것도 아니었다.
그저 행동으로 보이고 그 행동에 맞춰 죄수들이 오와 열을 맞
출 뿐이었다. 어찌 보면 당연한 것인지도 모른다. 지금 살아
남은 죄수들의 대부분은 군 출신이니까 말이다.

호송기사장은 그러한 죄수들의 모습에 가볍게 한숨을 내
쉬며 고개를 저었다. 지금까지와는 전혀 달랐다. 일백 명을
호송한다면 알카트라즈에 도착하는 죄수는 고작해야 열 명
안팎이었다.

그런데 이번 호송에는 그 세 배에 달하는 인원이 살아남아
있다. 그 원인은 뭐니 뭐니 해도 역시 카이론이라는 자 때문

이다. 호송기사장 역시 눈과 귀가 있어 알고 있었다. 그가 귀족의 파벌 싸움에 소모된 희생양이라는 것을 말이다.

'더러운 세상이로군.'

그가 보기에 카이론이라는 자는 천생 군인이었다. 처음부터 그를 따르는 다섯 명 역시 마찬가지였다. 그런 자들이 무엇 때문에 귀족들의 희생양이 되어야 하는지 모를 일이었다. 그러다 문득 호송기사장은 그들의 행동을 억제하고 있는 마나 억제 수갑을 보았다.

그는 말에서 내려 카이론이 서 있는 곳으로 다가갔다. 그리고는 열쇠로 손과 발을 억제하고 있는 두 개의 수갑을 풀어 병사에게 던졌다. 카이론을 시작으로 살아남은 서른세 명의 수갑을 푼 호송기사장.

그는 마치 아무 일도 없다는 듯이 다시 말을 타고 외쳤다.

"출발!"

호송기사장의 명령에 훨씬 더 가벼워진 몸으로 움직이는 죄수들. 그들은 지금까지 단 한마디도 하지 않았다. 오로지 행동으로만 보여줬다. 병사들과 기사들은 그들의 행동을 백 마디의 말보다 더 가슴 깊이 받아들이고 있었다.

그 이후로는 몬스터나 산적을 만나지 않았다. 평탄한 길이었다. 그 와중에도 죄수들은 결코 대열을 흐트러뜨리지 않았다. 쉴 때에도, 식사를 할 때에도 마찬가지였다. 그들의 모든 행동의 중심에는 카이론이 존재했다.

"내 살다 살다 죄수들이 저리도 조직적인 건 처음 보는군."

"내 말이 그 말 아니겠냐. 위계도 확실하고 절도 있는 동작을 보면 어째서 저런 사람들이 죄수가 되었는지 의심이 들 정도라니까."

병사들은 이제 죄수들을 신경 쓰지 않았다. 그들은 대열을 이탈하지 않을뿐더러 수갑을 착용하지 않았음에도 불구하고 탈출하지 않았다.

물론 수갑을 착용하지 않았다고 해서 마나가 돌아오는 것은 아니었다.

그들의 음식에는 마나를 흐트러뜨리는 독이 들어 있어 마나를 다루던 이들이라면 점점 쇠약해지게 마련이었다. 하지만 카이론과 그 일행은 쇠약해지기는커녕 오히려 더욱더 강건해지고 있었다.

그것이 죄수들이 그를 따르게 된 결정적인 이유였다.

죄수라 해서 항상 극악한 죄를 지은 자만 있는 것은 아니었다. 어느 시대든 마찬가지다. 잘못된 판단과 통념에 의해 죄인 아닌 죄인이 되는 경우가 다반사였다.

특히나 이 세계의 경우에는 더더욱 그러했다. 카이론마저도 그 범주에 속하니까 말이다. 그리고 그런 카이론과 같은 범주에 있는 사람들은 카이론이 하는 대로 따라 했다. 자포자기하지 않고 움직이며 카이론의 일행처럼 호흡했다.

한 명, 두 명 점점 그 수는 늘어났고, 이제는 하나의 군대가 되었다. 카이론은 이곳에서도 대장이었다. 처음 그들의 그런 행동을 비웃던 병사나 기사도 이제는 아무런 말도 하지 않았다.

그들 덕분에 부상당하거나 죽는 병사와 기사가 줄었다. 그들은 맨손으로 몬스터, 산적들과 싸웠다. 오히려 그들을 맨손으로 몬스터나 산적들 한가운데로 몰아넣은 병사나 기사들이 스스로 부끄러워 고개를 숙일 정도였다.

그들은 전사였다.

끊임없이 투쟁하고 죽음을 두려워하지 않으며 죽을 때에도 적의 목덜미를 물고 늘어지는 그런 전사였다. 서른세 명의 살아남은 전사와 열 명의 기사, 그리고 일백에 이르는 병사들이 길고 긴 카론의 다리를 지나 거대하고 을씨년스러운 거대한 성문 앞에 섰다.

끼리리리릭! 끼이이익! 쿠구구구궁!

거대한 성문이 기괴한 소음을 내며 내려오고 있다. 호송기사장이 말없이 말을 몰아 앞으로 나가자 그의 뒤를 죄수 호송기를 들고 있던 기사와 병사들이 따랐다. 그들은 죄수들을 가운데에 두고 좌우로 에워싸 악마의 입처럼 시커먼 동공을 보여주는 성 안으로 들어갔다.

끼릭! 끼리릭!

크그그그긍!

그들이 어둠 속으로 모습을 감추자 다시 거대한 성문이 올라가고 있다. 알카트라즈는 삼중으로 성벽이 구성되어 있었다.

끼아아악!

하나의 성문을 지날 때마다 성 안에서 들려오는 기괴하고 음울한 소음은 점점 커져 갔고, 마침내 마지막 성문을 지났을 때 그 소음이 무엇인지 알 수 있었다.

거대한 성 중앙에 자리 잡고 있는 처형대에 몇 명의 죄수가 매달려 있었다. 그리고 그들의 등을 향해 날카로운 돌 조각이 촘촘하게 박힌 뱀의 혓바닥 같은 채찍을 휘두르고 있었다.

한 번 휘두를 때마다 미칠 듯이 괴로운 비명 소리가 울려 퍼졌고, 채찍에는 피와 살점이 덕지덕지 붙어 핏줄기와 함께 허공을 갈랐다. 몇몇의 죄수는 혼절했는지 등을 후벼 파는 채찍에 간헐적으로 잘게 떨기만 할 뿐 어떤 비명도 지르지 않았다.

보통의 죄수들은 이런 삭막한 광경을 보고 움츠리거나 겁먹은 표정은 표정을 지었다. 지금까지 알카트라즈에 들어온 죄수 백이면 백 모두 그랬다. 하지만 이번에 들어온 죄수들은 그렇지 않았다.

겁먹기는커녕 얼굴에 표정조차 드러나지 않았다. 공포에 젖어 이성이 마비된 그런 표정은 절대 아니었다. 한마디로 그들의 얼굴에 드러난 표정은 담담함 그 자체였다.

알카트라즈 가장 높은 곳에서 그러한 그들을 바라보고 있는 자가 있었다.

짙은 다크서클에 날카로운 눈초리와 지저분하고 희끗하게 자란 머리카락과 구레나룻, 그리고 매의 그것처럼 날카롭게 휘어진 매부리코. 뒷짐을 진 채 들어오는 죄수들을 바라보는 그의 눈초리는 먹이를 노리는 포식자의 그것이었다.

"클. 이번에는 좀 강단이 있는 놈들인가?"

"상관 살해 한 명, 상관 폭행 다섯 명, 명령 불복종 열두 명, 근무지 이탈 및 태만 열다섯 명입니다."

"전부 군인인가?"

"그렇습니다."

"그래서 그런가?"

성의 중앙에 오와 열을 맞춰 선 서른세 명을 날카롭게 바라보며 나직하게 뇌까리는 매부리코의 사내였다.

"이번에 특별한 부탁이 들어왔다고 하던데……."

그에게 조용하게 보고하던 이가 서류를 옆에 끼고 매부리코사내 옆으로 다가오며 입을 열었다.

"카이론 에라크루네스. 나이 스물, 6특전여단 5전대장, 죄목은 9특전여단 여단장 살해. 가장 앞에 서 있는 건장한 체구의 사내입니다."

"어디에서 들어온 거지?"

"르위스 공작 측입니다."

"호오~ 거물이로군."

애매한 말이었다. 르위스 공작이 거물이라는 것인지 카이론이 거물이라는 것인지 말이다. 매부리코사내가 뾰족한 턱을 매만지며 생각에 잠기다 진득한 미소를 떠올렸다.

"전원 7호 채굴지로 보충한다."

"알겠습니다."

그것으로 그들의 거취가 결정 났다. 그 순간 정면을 바라보고 있던 카이론의 시선이 한곳으로 향했다. 바로 매부리코사내가 서 있는 창가였다. 그리고 매부리코사내는 등골이 서늘해지는 전율에 전신을 가늘게 떨었다.

'호오~ 나를 봤어? 오늘은 여러모로 재미있는 날이로군.'

재미있었다. 채찍질당하며 울부짖는 죄수들을 보면서도 눈 하나 깜짝이지 않은 서른세 명의 죄수도 그렇고, 불과 스물의 나이에 특전여단의 전대장의 자리에 올라 저 먼 거리에서 자신을 정확하게 꿰뚫어 보는 자 역시 재미있었다.

보통 마나를 다루는 자들은 마나 제어 수갑을 차는 순간 찾아오는 극심한 허탈감과 무기력증에 몸서리친다. 그 현상은 절대 적응이 되는 것은 아니었다.

한데 지금 들어온 그들은 아니었다. 아주 건강했다. 마치 죄수가 아닌 양 당당하기까지 했다.

"언제까지 가는지 두고 보지."

"별수 없을 겁니다."

매부리코 사내의 말에 그의 옆에 있던 이가 단정적으로 말했다. 저런 경우가 없던 것은 아니니까. 하지만 그들도 몇 달 못 가 결국 쓰러지고 자존심을 버렸다. 먹을 것과 무기력증에서 벗어나기 위해 마약을 달라고 악을 썼다.

카이론은 들었던 고개를 내렸다. 그와 동시에 일단의 인물들이 나타나 그들 앞에 섰다.

"본인은 알카트라즈 감옥 7호 채굴지를 담당하는 데니스 레이드 교사라고 한다. 본 교사의 명에 따르지 않을 시에는 상응하는 체벌이 있을 것이다. 이상!"

그에 그의 밑에 있는 교도관이 철심 박힌 몽둥이를 휘두르며 위협적으로 인원을 통제하려 들었다. 하지만 그럴 필요가 없었다. 정련된 군인처럼 움직이는 그들에게는 위협적인 통제 자체가 무의미했다.

오히려 그들을 위압적으로 통제하려던 교도관들이 당황할 정도였다.

"뭣들 하고 있나, 어서 인솔하지 않고!"

그때 데니스 레이드 교사관이 외쳤다. 그 외침에 잠시 주춤하던 교도관들이 서른세 명의 죄수를 인솔해 가기 시작했다. 그런 그들을 보며 데이스 레이드 교사관은 인상을 찌푸렸다. 갑자기 찾아온 불길한 예감 때문이다.

'뭐지?'

그 불길함의 근원을 찾을 수 없어 인상을 찌푸린 것이다.

'설마……?'

그리고 그의 시선이 교도관의 인솔하에 마치 군대의 제식 동작처럼 손과 발을 맞춰 이동하는 서른세 명의 죄수를 향했다. 확실히 특이했다. 지금껏 이렇게 당당한 죄수들은 없었다. 통제하지 않아도 알아서 움직이는 죄수 역시 없었다.

그런데 이번에 들어온 죄수들은 아주 능동적이다. 아주 당연하다는 듯이 움직이고 마치 한 몸처럼 전혀 위축되지 않고 행동한다. 불길함의 근원은 바로 거기에서 출발한 것이었다.

그것을 깨달은 레이드 교사관은 이내 다시 흰 이를 드러내며 웃었다.

"재미가 있겠어."

저런 놈들일수록 오래 견딘다. 고문이 되었든 괴롭힘이 되었든 말이다. 하지만 그럴수록 그들이 무너져 내리는 순간에 찾아오는 희열은 컸다. 저들의 대단한 콧대를 꺾었다는, 혹은 이곳의 진정한 주인이 누구이고 노예가 누구인지 알려주는 그런 쾌감 말이다.

레이드 교사관은 그들의 뒤를 뒷짐을 진 채 따라갔다. 7호 채굴지는 이 알카트라즈 감옥 내에서 가장 험악한 지형과 가장 흉악한 죄수가 모여 있는 곳이다.

알카트라즈 감옥 내에는 열 개의 채굴지가 있는데 각 채굴지마다 방장이 있었다.

1호 채굴지는 해롤드 쉽맨, 2호 채굴지는 보이드 말보 등 이런 식으로 말이다. 각 호마다 1,000명 내외의 죄수가 있고, 그들을 통제하는 무장한 교도관과 한 개 중대 규모의 경비 교도대가 파견되어 있었다.

그리고 서른세 명의 신참이 가는 7호 채굴지의 방장은 무려 637명을 살해한 혐의로 종신형을 언도받은 인육자 제프리였다. 최초에 7호 채굴지에 들어가 당시 방장이던 파괴자 윌리엄 패턴을 죽이고 그의 심장을 씹어 먹은 데에서 기인한 호칭이었다.

그 이후에도 인육자 제프리의 행동은 계속되었다. 도전하는 이들의 심장을 꺼내 씹어 먹고 사지를 찢어 그 인육을 식량으로 삼았다. 어쩌면 당연한 것인지도 몰랐다. 감옥 내에서 제공되는 음식으로는 살아남기 힘들기에 쥐라든가 바퀴벌레 등 잡아먹을 수 있는 것은 모두 잡아먹고 있었다.

게다가 이곳 알카트라즈에서 죽으면 그 뼈조차 밖으로 반출되지 않았다. 그렇다고 그들의 무덤이 따로 있는 것도 아니었다. 하면 과연 그 죽은 자의 시체가 어디로 가겠는가? 알카트라즈에 있는 죄수들은 다 알고 있다.

인육자는 그저 조금 빠르게 그러한 현실을 깨달은 것뿐이었음에도 불구하고 죄수들은 그의 잔인함에 치를 떨었다. 하지만 그 누구도 그를 욕하지는 않았다. 적자생존. 살아남는 자가 강한 자니까.

"선두 제자리!"

그리고 마침내 채굴지에 도착한 서른세 명의 죄수는 왜 감방이라 부르지 않고 채굴지라고 부르는지 알 수 있었다. 알카트라즈는 거대한 광산이었다.

그중 7호 채굴지는 가장 험하고 힘든 미스릴 채굴지였다. 사방에서 일천여 명에 이르는 죄수가 곡괭이와 삽을 들고 쉴 새 없이 광구를 드나들고 있었다. 그중 나이든 죄수들은 광석을 분류하고 있었다.

그러한 죄수들의 손발에는 여전히 마나 제어 수갑이 채워져 있고, 발목에는 끌기도 힘든 커다랗고 둥근 쇳덩이까지 매달려 있었다.

"국왕파가 병력적인 면에서 뒤처지면서도 귀족파나 중도파와 어깨를 나란히 할 수 있던 이유가 바로 이것이었군요."

라마나가 이제야 알겠다는 듯이 속삭였다. 카이온은 그저 미미하게 고개를 끄덕였다. 미스릴이었다. 국왕파가 지금까지 귀족파와 중도파의 견제를 받으며 세력적으로 밀리면서도 그들과 어깨를 나란히 할 수 있었던 이유가 말이다.

"재미있는 곳이로군."

근 며칠 만에 카이론은 입을 열었다.

"누가 입을 열라고 했나?"

그때 교도관 한 명이 눈을 부라리며 카이론을 향해 철심이 박힌 몽둥이를 들어 올렸으나 이내 슬그머니 손을 내리며 딴청을 부렸다. 자신을 무심하게 쳐다보는 카이론의 눈동자에 주눅이 든 것이다.

땡! 땡! 땡!

그때 7호 채굴지 전체에 타종 소리가 울렸다. 그에 각 광구에 들어가 있던 죄수들과 광석을 분류하던 죄수들이 한쪽으로 모이기 시작했다. 하나의 채굴지라고는 하지만 광구의 입구가 무려 열 개나 됐다.

그곳에서 꾸역꾸역 밀려나오는 죄수들. 그들은 무거운 철구를 이끌고 최대한 빠르게 이동하여 오와 열을 맞췄다. 죄수들이 모이는 시간은 그리 오래 걸리지 않았다. 그중에는 무거운 철구를 착용하지 않은 죄수도 있었다.

죄수들의 가장 앞에 선 자는 카이론과 비슷한 체구에 대머리였다. 그리고 한쪽 눈이 무언가로 지진 듯 뭉개져 있으며 얼굴 왼쪽 전체를 차지하는 커다란 검상까지, 죄수복을 입고 있기는 했으나 특별한 존재라는 것을 단박에 알 수 있었다.

나무로 대충 만든 단상에 교사관 에니스 레이드가 섰다. 그리고 큰 소리로 외쳤다.

"신입들이 왔다!"

그의 외침에 일천에 이르는 죄수들의 시선이 일제히 서른세 명의 죄수에게로 향했다.

"서른세 명으로 10조에 배속한다! 이상!"

"해산! 해산!"

몇 마디 하지도 않았다. 그런데 일천이나 되는 죄수를 모았다. 그리고 해산시켰다. 죄수들의 얼굴에 불쾌한 빛이 떠올랐다.

"해산! 죽고 싶어?"

"해산! 해산!"

퍽! 퍼벅!

교도관들은 어기적거리며 움직이는 죄수를 향해 사정없이 철심을 박은 몽둥이를 휘둘렀고, 7호 채굴지에 배치된 경비 교도대는 빠르게 검과 방패, 그리고 창을 세워 죄수들을 위압적으로 몰아갔다.

그제야 죄수들의 몸이 조금 빨라졌다.

"이동!"

그때 그들을 둘러싸고 있던 교도관들이 외치자 카이론을 비롯한 서른두 명의 죄수는 교도관이 지시한 곳으로 이동하기 시작했다. 그들이 들어선 곳은 열 번째 광구였다. 광구에 들어가기 전 그들은 낡은 곡괭이를 한 자루씩 지급 받았다.

광구 안에는 죄수들을 감독하는 이가 없었다. 있다면 10광구에 투입된 일백 명가량의 죄수들을 통제하는 조장과 그를 수발하는 열 명 정도의 죄수였다. 물론 조장 역시 죄수였다. 교도관들은 서른세 명을 그 10광구의 조장에게 넘기고 광구 밖으로 나갔다.

서른세 명의 신입이 들어오자 조장과 그를 따르는 열 명의 죄수가 모여들었다. 제대로 닦지 않아서 지저분하고 더러웠다. 전신에서 나는 악취도 심하고 누렇다 못해 검은색으로 물든 이를 드러내어 진득한 웃음을 떠올리며 그들을 에워쌌다.

"켈켈, 오랜만이로군. 싱싱한 놈들을 받은 것이 말이야."

10광구의 조장은 혀로 입술을 핥으며 카이론의 앞으로 다가왔다. 그가 다가온 이유는 바로 그의 윤기 나는 흑색의 풀 플레이트 메일 중 일부인 신발 때문이었다. 벗길 수 없어 죄수복으로 가려졌지만 신발은 어떻게 해도 드러나게 되어 있었다.

무리를 제압할 때 첫 번째는 우두머리를 제압하는 것이다.

그리고 죄수들이 보기에도 카이론은 서른셋의 죄수 중에 우두머리처럼 보였다. 그들이 그것을 알 수 있는 것은 다른 서른셋과는 비교조차 할 수 없는 흑색의 고품격 전투화 때문이라 할 수 있었다.

"10광구 조장 에프렌이다."

"카이론."

"벙어리는 아니군."

그러면서 카이론의 주변을 뱅글뱅글 도는 에프렌 10광구 조장. 돌면서 그는 카이론의 발을 보고 있었다. 그러다 카이론의 정면에 멈춰 선 후 카이론을 올려다보며 히죽 웃었다.

"신발이 멋지군."

"고맙군."

"벗어."

"싫다면?"

그에 다시 혀로 입술을 핥으며 웃었다.

"키일~ 킬킬~ 케헤엘!"

그러면서 뒤로 물러났다. 어깨를 들어 으쓱해 보이며 '뭐 괜찮아' 하는 표정으로 빙글빙글 돌면서 말이다. 아주 즐거워하는 표정이다. 그가 카이론과 몇 미터 떨어져 카이론을 향해 몸을 돌려 세울 때 그의 기괴한 웃음소리가 그쳤다.

그에 광구에는 이미 적막이 감돌고 있었다. 광구 입구에서 작업을 하고 있던 죄수들은 무슨 재미있는 구경이라도 났는지 곡괭이를 놀리지 않고 진득하게 그들이 대치하는 모양을 지켜보고 있었다.

어떤 이는 한숨을 내쉬며 그런 것에는 아무런 관심도 없다는 듯이 털썩 주저앉아 가쁜 숨을 들이쉬는 자들도 있고 근심스럽게 카이론 일행을 바라보는 이들도 있었다. 에프렌 10광구 조장이 입의 싸늘하게 열렸다.

"가끔 꼭 똥인지 소스인지 먹어봐야 아는 놈들이 있더군."

그 말이 어떤 명령이었을까? 열 명의 죄수가 앞으로 나섰다. 그에 카이론의 뒤에 있던 서른두 명은 마치 자로 잰 듯 정확하게 5미터를 물러났다. 마치 한 몸처럼 움직였다. 그런 그들의 모습에 열 명의 죄수들은 약간 의아한 얼굴을 했다.

이번 싸움에 전혀 관여하지 않겠다는 모습을 보이고 있었으니 말이다. 하지만 그들은 모른다. 물러난 서른두 명은 카이론을 전적으로 믿고 있으며 물러난 것이 아닌 방어와 공격을 대비해서 전투 대형을 갖추고 있다는 것을 말이다.

저벅!

카이론이 한 걸음 앞으로 내디디며 간격을 좁혔다.

"죽여!"

그 말과 함께 네 명의 죄수가 카이론을 향해 쇄도했다. 그들은 다년간의 경험으로 한 명을 공격함에 있어 네 명이 가장 적절하다는 것을 알고 있었다. 번개처럼 쏘아져 간 네 명의 얼굴에는 확신이 깃들어 있었다.

그리고 그 확신에 따라 오랜만에 느끼는 피 냄새를 상상하며 전율했다. 그때 카이론의 신형이 움직였다. 마나 억제 족쇄가 채워져 있는 이상 움직임에는 분명 한계가 있었다. 하지만 카이론은 그런 것과는 전혀 상관 없다는 듯이 움직였다.

짧은 보폭으로 터무니없이 빠르게 움직여 곡괭이로 위에서 아래로 내리찍는 전면의 죄수를 향해 쇄도했으며, 수갑을 연결하는 사슬로 곡괭이를 막음과 동시에 그대로 파고들어 죄수의 목에 사슬을 걸었다.

"억!"

순식간에 일어난 일에 죄수는 이렇다 할 반응조차 할 수 없었다. 그 순간 카이론이 그대로 돌기 시작했다.

"크억!"

사슬에 목이 감긴 죄수는 곡괭이를 놓쳤고, 카이론을 향해 쇄도하던 세 명의 죄수는 일순간에 내장이 터질 듯한 둔중한 충격을 받았다.

콰드드득!

죄수 한 명이 휘둘러졌고, 세 명의 죄수는 쇄도하던 때보다 더 빠르게 튕겨져 나갔다.

빠직!

그리고 그들의 머리에 떨어져 내리는 곡괭이가 그대로 죄수의 정수리를 강타했다. 카이론은 소용을 다한 죄수를 그대로 메쳤다.

쿠와아앙!

와직!

흙먼지가 일어나며 무언가 산산조각 나는 소리가 들려왔다.

"커허~"

카이론의 사슬에 걸린 죄수가 목을 부여잡은 채 검붉은 핏덩이를 토해내고 부들부들 떨더니 이내 축 늘어졌다. 순식간에 네 명의 죄수가 죽어버렸다. 적막 속에 경악이 더해졌다. 모든 이의 행동이 딱 멈춰졌다.

"주, 죽여, 이 새끼들아!"

먼저 정신을 차린 에프렌 10광구 조장의 말에 그제야 정신을 차린 남은 여섯 명의 죄수가 카이론을 향해 미친 듯이 쇄도했다.

"우와아악!"

카이론은 짧게 회전하며 집어 든 두 자루의 곡괭이를 아래에서 위로 찍어 올렸다.

"컥!"

"캑!"

한 명의 복부에, 한 명의 목에 곡괭이가 박혔다.

와직!

카이론은 힘으로 곡괭이를 들어 올려 버렸다.

푸화아악!

"꺼어억! 사, 살려……."

목에 박힌 곡괭이는 죄수의 머리통을 그대로 뜯어버렸다. 피분수가 터지며 비릿한 피 냄새가 광구를 뒤엎었다. 그리고 복부에 박힌 곡괭이는 힘으로 들어 올려 또 다른 방향에서 접근하는 죄수를 위에서 아래로 내리찍었다.

"어억!"

달려들던 죄수는 멈칫하며 피하려 했다. 하지만 카이론의 공격은 애초에 피할 수 있는 것이 아니었다.

콰직!

죄수의 복부를 뚫은 무딘 곡괭이 날이 피하려던 죄수의 정수리로 떨어져 내리면서 피분수가 터져 나왔다. 여섯 중 남은 죄수는 셋.

"이런 병신 같은 새끼들!"

10광구 조장 에프렌이 다른 죄수의 것보다 조금 더 크고 날카로워 보이는 곡괭이와 어디서 났는지 모를 조잡하지만 날카로운 칼을 들고 달려나왔다.

그 와중에도 카이론의 싸움은 계속되었다.

피분수가 터지며 미적지근한 핏물이 얼굴을 적셨다. 죄수들은 얼굴에 묻은 피를 혀로 핥고 입에 거품을 물며 이성을 잃은 채 카이론을 향해 쇄도했다. 그들에게 두려움이란 없었다. 이미 막장인 인생, 무엇이 두렵겠는가?

그들의 기세는 사무치도록 두렵다. 하나 그런 광기는 일반인에게나 통하는 법. 불행히도 카이론은 특별한 사람이었다. 그 역시 광기를 폭발시켰다. 그의 등 뒤로 공간을 일그러뜨리는 아지랑이가 피어올랐다.

달려온 죄수가 내리찍는 곡괭이를 슬쩍 피한 후 허릿심을 이용하여 회전하듯 정권을 질러갔다.

빠각!

"캐핵!"

부웅 떠올라 저만큼 떨어져 나가는 죄수. 그때 카이론의 머리가 급격하게 숙여지고 한 자루의 곡괭이가 아슬아슬하게 카이론의 머리를 스쳐 지나갔다. 카이론은 그 순간 수직으로 회전했다. 2미터가 넘어가는 그의 거체가 마치 무게가 없는 것처럼 빙글 돌아 그대로 자신을 공격한 죄수의 등을 가격했다.

빠직!

"컥!"

단발마가 터지고 한 사발의 피를 토해내며 그대로 고꾸라지는 죄수. 그 틈을 노려 다시 쇄도하는 두 자루의 곡괭이. 카이론은 팽그르르 땅바닥을 굴렀다. 두 자루의 곡괭이는 쉴 새 없이 떨어져 내렸다. 마치 일어날 시간을 주지 않겠다는 듯이 말이다.

광구의 바닥이 곡괭이에 찍히면서 흙먼지가 날리고 돌가루가 튀었다. 그때 카이론의 다리가 들리며 기묘하게 교차했다. 그리고 그 원심력을 이용해 허리를 튕겨 일어섬과 동시에 수갑의 사슬로 죄수의 목을 걸었다.

죄수는 본능적으로 곡괭이를 놓고 자신의 목에 감긴 사슬이 조이지 않도록 손바닥을 밖으로 하여 사슬을 막았다. 처음엔 성공한 듯 보였다. 하나 카이론은 한 번 더 사슬을 감아 힘껏 잡아당겼다.

뿌득!

그리고 들려오는 뼈가 엇갈리는 소리.

어찌나 힘을 들였는지 숨이 막혀 죽은 것이 아니라 목뼈가 부러져 죽었다. 카이론은 즉시 사슬을 풀었다. 그때 그의 복부로 파고드는 날카롭고 서늘한 감각.

콰악!

카이론은 그대로 그 날카롭고 서늘한 물체를 잡아버렸다.

"이익!"

당황한 것은 카이론이 아니라 그 물체의 주인이었다.

회심의 일격이었다. 그런데 설마 칼을 손으로 잡을 줄은 생각지도 못했다. 10광구 조장 에프렌은 부들부들 떨리는 자신의 손을 바라보았다.

맨손으로 잡았으면 당연히 피가 나와야 정상이다. 인간이라면 말이다. 하지만 피가 나오지 않았다. 대신 그의 손에는 흑색의 장갑이 모습을 드러내고 있었다. 카이론은 서서히 손을 들어 올렸다.

10광구 조장 에프렌은 잡고 있던 곡괭이를 놓고 한 손을 더했다. 하지만 그럼에도 불구하고 카이론이 들어 올리는 손의 속도는 전혀 느려지지 않았다.

"너를 이기면 내가 10광구의 조장이 되는 건가?"

"이익!"

차분한 카이론과 달리 10광구의 조장 에프렌은 얼굴이 시뻘겋게 변하고 핏줄이 돋아난 채 아무런 말도 할 수 없었다. 그의 이마에는 굵은 땀방울마저 흘러내리고 있었다.

그에 신경 쓰지 않고 카이론은 멀지 않은 곳에서 마른침을 삼키며 지금의 모든 것을 보고 있는 죄수에게 물었다.

"맞나?"

나직했지만 작업을 하고 있지 않기에 아주 선명하게 들렸다. 죄수는 말도 하지 못하고 고개만 빠르게 끄덕일 뿐이었다.

"잘 가라!"

콰차앙!

칼이 부서졌다. 마치 얼음이 부서지듯 말이다. 그와 동시에 카이론의 신형이 흡사 10광구 조장과 겹쳐지듯 다가갔다.

"흡! 쿠와아악!"

거센 비명을 지르고 피분수를 뿜어내며 10미터가 넘게 날아 떨어져 내리는 10광구 조장. 바닥에 떨어진 그는 입으로 한 움큼의 핏물을 게워내더니 이내 눈을 뜬 그대로 고개를 옆으로 꺾었다.

"이제 어떻게 하면 되나?"

카이론이 물었다. 하지만 한동안 아무도 입을 열지 않았다. 아직도 현실을 인식하지 못하고 있는 것이다. 그때 노쇠해 보이는 한 명이 앞으로 나서며 입을 열었다.

"저 곡괭이를 들고 10광구를 담당하는 교도관을 찾아가면 되오. 그러면 재량껏 열 명의 보조를 임명할 수 있을 것이오."

"고맙군."

카이론은 즉시 10광구 조장 에프렌이 들고 있던 곡괭이를 들고 밖으로 나갔다.

"정지! 무슨 일이냐?"

교도관의 물음에 카이론은 곡괭이를 보였다.

"허어~"

"벌써?"

"들어간 지 얼마나 됐다고."

하지만 그 이상 딴지를 걸지는 않았다. 그것은 이 알카트라즈에서 오랫동안 전해 내려오는 암묵적인 규칙과 같은 것이었으니까. 그런 암묵적인 규칙이 있기에 알카트라즈에서는 아직까지 죄수들의 폭동이 없었고, 그렇기 때문에 곡괭이라는 어떻게 보면 무기라고 볼 수 있는 채굴 연장을 준 것일 게다.

한 명의 교도관이 다가와 카이론의 수갑과 족쇄를 풀었다. 그리고 조금 더 긴 수갑과 족쇄를 가져왔다. 기존의 수갑과 족쇄는 사슬의 길이가 겨우 30㎝ 남짓이었는데 그들이 새로 가져온 수갑과 족쇄는 1m 20㎝는 족히 되어 보였다.

기존의 10광구 조장 에프렌은 수갑과 족쇄가 없었다. 그렇다는 것은 아직 카이론을 완전히 인정하지 않았다는 것과 다르지 않았다. 아무나 수갑과 족쇄를 풀어주는 것은 아니었다.

"가서 보조도 데려와."

카이론은 말없이 광구 안으로 들어갔다. 그리고 열 명을 데리고 나왔다. 자신을 따르는 다섯과 조언을 해준 영감, 그리고 이번 이송 행로 중 자신을 따르게 된 시모 하이하, 바실리 자이체프, 에르빈 코니그, 크레이크 해리슨이다.

열 명의 보조를 데려오는 속도 또한 빨랐다. 들어가자마자 나왔기 때문이다.

"이번 놈은 뭐든지 빠르군."

그렇게 말하며 그들의 수갑과 족쇄도 풀고 새로운 수갑과 족쇄로 교체했다. 사슬의 길이가 대략 1m 정도이다. 그것만 해도 그들은 훨씬 자유로웠다. 그전보다 거의 두 배 이상 늘 어났으니까 말이다.

"할당량은 알지?"

교도관의 물음에 카이론은 영감을 바라보았다.

"미스릴 100g이오."

끄덕.

카이론은 고개를 끄덕였다. 그에 교도관이 씨익 웃었다. 그러자 영감이 카이론에게 귓속말을 하려 했다. 하나 카이론 이 눈살을 찌푸리자 고개를 저으며 입을 여는 영감이다.

"추가로 금 200g이네."

여전히 영감을 바라보는 카이론의 시선.

"교도관님들께 드릴 할당량이지."

끄덕.

고개를 끄덕이는 카이론이다. 그에 교도관들은 카이론의 팔을 툭툭 치며 말했다.

"들어가 봐. 아직 시간은 많으니까. 오늘은 처음이니 특별히 100g으로 해주지."

그러면서 휘적휘적 걸어가는 교도관들이다. 카이론 역시
걸음을 옮겼다. 그리고 묵직한 음성으로 입을 열었다.

"이름."

"늙어서 오늘내일하는 놈이 이름은 무슨……."

"이름."

하지만 여전히 이름을 반복하는 카이론. 그런 카이론을 살
짝 올려다보다 이내 고개를 저으며 입을 여는 영감이다.

"스키피오 아프리카누스요."

그에 놀라는 것은 카이론이 아니라 라미나였다.

"멸망한 현자의 탑의 수장, 그가 여기 있었다니……."

우뚝.

라미나의 말에 걸음을 멈춰 세운 카이론이다. 그의 시선이
서서히 스키피오 아프리카누스에게로 향했다.

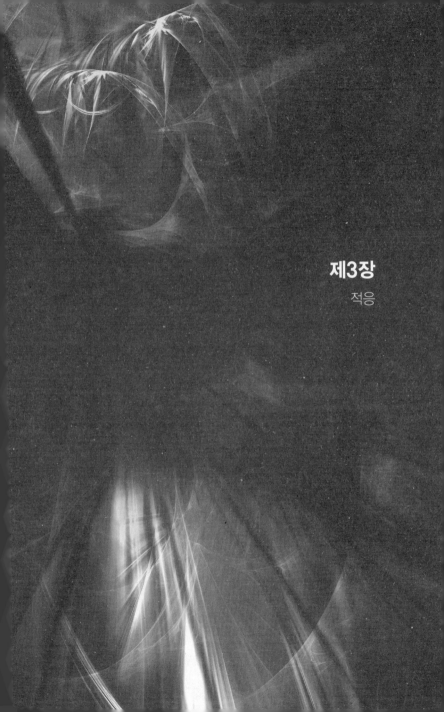

제3장

적응

Warrior

　그의 시선을 받은 스피키오의 얼굴에 씁쓸함이 물들어 있다.

　카이론도 스피키오 아프리카누스란 이름을 알고 있었다.

　아카데미 수업에서 언제나 거론되던 전략의 귀재. 만약 그가 아직까지 살아 있다면 바이큰 족과의 전투는 이미 끝났을지도 모른다고 할 정도의 희대의 전략가.

　잠시 스피키오를 바라보던 카이론이 나직하게 입을 열며 걸음을 옮겼다.

　"꿈을 잃은 자로군."

저벅저벅.

그가 걸음을 옮김에 아홉 명의 보조가 따라 걸음을 옮겼다. 그러나 스피키오는 걸음을 옮길 수 없었다. 카이론의 나직한 말이 그의 가슴을 후벼 파고 있었기 때문이다.

스피키오는 한참 동안 카이론의 뒷모습을 바라보았다.

"하아~ 대체 어쩌란 말인가?"

나직하게 한숨을 쉬며 잰걸음으로 카이론의 뒤를 따라가는 스피키오였다. 그때까지 카이론을 따라온 스물세 명은 여전히 그 자리에서 그대로 서 있었다. 카이론의 명이 없다면 단 한 발자국도 움직이지 않겠다는 듯이 말이다.

"보고!"

카이론이 10광구 안에 들어서서 외쳤다. 그의 외침은 광구 구석구석까지 파고들었고, 이내 그에게 속속들이 보고가 들어왔다.

"현재 미스릴 총생산량 140g, 금 312g. 이상!"

그 말에 카이론이 숨을 헐떡이며 자신의 곁에 서 있는 스키피오를 바라보았다.

"보통 하루 미스릴 160g, 금 400g 정도 생산하오. 할당량을 제외하곤 모두 조장이 가져 갔소. 7호 채굴지 방장에게 일정량 상납하고 나머지는 여자를 구하거나 술, 혹은 먹을거리를 구하는 데 사용하는 것으로 알고 있소."

"클. 죄수 주제에 할 건 다 하는군."

그랬다. 죄수지만 조장만 되어도 못할 것이 없었다. 물론 그런 것을 하기 위해서는 미스릴이나 금이 필요하지만 말이다.

교도관도 미스릴과 금의 일정 부분을 조장이 착복한다는 것을 알고 있었다.

하지만 눈감아주고 있었다. 얼마 되지 않을뿐더러 그것을 미끼로 죄수들을 더 편히 다룰 수 있기 때문이었다.

"집합!"

카이론이 명을 내렸다. 스키피오를 제외한 아홉 명의 보조가 광도 안을 향해 외쳤다.

"지파압! 지파압!"

갑작스러운 집합에 죄수들이 빠르게 모여들었다. 아직 일과 시간이 끝나지 않았다. 거기에 기존의 10광구 조장이 할당한 양도 다 채우지 못했다. 하지만 신임 조장이 집합하라니 집합할 수밖에 없었다.

집합하는 죄수들을 바라보며 카이론이 스키피오에게 물었다.

"음식은 충분한가?"

"충분할 리 있소? 더욱이 에프렌 그놈은 식탐이 많아 그나마 나오는 배식조차 가로채고 있었소."

집합한 죄수들을 보니 알 만했다. 이 시대의 죄수는 인간 이하의 대접을 받는다. 노예보다 못한 놈들이 바로 죄수이다. 그러한 그들이 제대로 먹는다는 것은 꿈일지도 몰랐다.

하지만 부려먹기 위해서는 반드시 먹여야 한다. 특히 이런 광산과 같은 곳에선 말이다. 거기에 이곳은 악명 높은 감옥. 악명이 높다는 것은 그만큼 죄수의 수급이 원활하지 못하다는 말이다.

결론은 죄수라도 잘 먹여야 한다는 말이 나온다. 그냥 가둬 두기 위한 감옥이라면 그럴 필요가 없지만 무언가 끊임없이 생산하는 곳이라면 당연히 그래야 했다. 그런데 10광구에 있는 죄수들은 한마디로 피골이 상접해 있었다.

"이건 뭐, 말하는 스켈레톤이군."

미켈슨이 한마디 툭 내뱉었다. 퀭한 눈, 움푹 들어간 볼, 뼈가 드러나 보이는 손과 헐렁한 죄수복.

"배식 방식은?"

"보조가 몇 명의 죄수를 끌고 가서 분배받고 있소."

"시간은?"

"석식은 6시요."

"지금 준비해야겠군."

"대충은……."

"차출해서 다녀와. 아, 금이 필요한가?"

"약간은."

"가져가."

"…고맙소."

당연한 일인데도 그는 감사를 표했다.

스키피오가 보조와 함께 열 명의 죄수를 데리고 배식을 받기 위해 광구를 나갔다. 카이론은 광구 안을 훑어보았다. 죄수들은 불안한 표정으로 카이론을 바라보고 있었다. 이미 이들은 찌들 대로 찌들어 있었다.

"배식 올 때까지 휴식."

하지만 죄수들의 자세는 어정쩡했다. 믿지 못하는 것이 아니라 이들은 이미 휴식이라는 것이 불편함으로 다가와 있었다. 이런 대우를 받아본 적이 없기 때문이다. 카이론은 죄수들이 그러거나 말거나 더 이상 입을 열지 않았다.

이들을 달래고 이해시킬 필요는 없었다. 따라오지 않으면 도태되는 것이 세상이다. 인생은 끊임없는 선택을 강요한다. 하나를 선택하면 또 다른 선택이 기다리고 있다. 지금도 마찬가지다.

선택이다. 따를지 따르지 않을지. 아니면 쉬어야 할지 말아야 할지. 카이론은 쉬라 했다. 그러니 이제 선택은 그들의 몫이 된 것이다.

털썩!

한 명의 죄수가 소리가 나도록 바닥에 엉덩이를 댔다. 그것이 시작이었을까? 여기저기서 털썩털썩 주저앉는 소리가 들렸다.

그들은 선택한 것이다. 아예 드러눕는 이도 있었다.

그것은 하나의 변화였다. 카이론이 명령했지만 강요하지는 않았다. 그리고 그들은 불편함을 이겨내고 자신의 의지대로 선택했다.

그들은 인식하고 있지 않았지만 카이론은 인식하고 있었다.

'이제 시작인가?'

조용히 눈을 감고 결가부좌를 하고 있던 카이론은 그리 생각했다.

가장 밑바닥에서 다시 시작하는 것이다.

누군가는 절망적인 상황이라고 하겠지만, 처음 이 세계에 떨어졌을 때보다 훨씬 나은 조건이다. 지금 자신의 곁에는 열 명의 사람이 모여 있고 밖에는 카플루스 자작이 있다.

아니, 아직 모습을 드러내지 않았지만 이 광구의 어딘가에는 아시커나크 차전사가 있을 것이다. 그가 차크라를 풀지 않는다면 그를 발견할 수 있는 자는 없을 것이다. 차크라를 풀지 않는 동안 그를 발견하려면 최하 최상급의 실력이 필요할 테니까 말이다.

그러다 문득 카이론은 자신의 손과 발목에 채워진 수갑과 족쇄를 보았다. 마나를 억제하는 마법 물품이라고 했다. 확실히 마나가 억제됨에 따라 제대로 마나를 사용할 수 없었다. 하지만 그것이 오히려 자신에게는 득이 되고 있었다.

드래곤의 힘을 온전하게 녹여낼 수 있는 계기가 되고 있기 때문이다. 왜 그런 현상이 일어나는지는 모를 일이다. 다만 미루어 짐작할 수 있었다.

드래곤이 전해준 이 마나가 억제 수갑과 족쇄에 반발하고 있었다. 그러면서 그동안 녹아들지 않던 마나가 활성화되기 시작했다. 마나를 사용하던 때보다 두 배 이상 빠르게 그의 전신에 흡수되고 있었다.

그리함에 그의 신장은 더 줄어들었고, 근육은 더욱더 강력해졌으며, 피부는 풀 플레이트 메일처럼 강력해졌다. 동시에 카이론은 더욱더 자신을 몰아세우기 위해 블랙 슈트를 스스로 해제했다. 해제했다고 해서 사라진 것은 아니었다.

애초에 그의 몸과 일체가 된 블랙 슈트이기에 그의 신체에서 떨어질 수는 없었다. 다만 그의 의지에 따라 모습을 감출 뿐이었다.

'아직은 조금 더 기다려야겠지.'

그러는 동안 배식을 받기 위해 출발한 인원이 돌아왔다. 총 100여 명이 먹을 것이니만큼 상당한 양이다. 물론 그렇다고 해도 열 명이나 갈 이유는 없었지만 카이론은 겸사겸사 보조 다섯 명을 딸려 보냈다.

일단은 이곳의 지형을 완벽하게 파악해야 하기 때문이다.

지형지물을 파악하는 것이 무엇보다 우선이다. 그 이후에 작전 계획이 세워지고 실행에 옮겨지는 것이다.

"배식을 시작하도록!"

카이론의 말에 배식을 받아온 죄수들이 일사불란하게 움직여 죄수들을 일렬종대로 세우고 배식 준비를 마쳤다. 그리고 식판을 들고 기다렸다. 카이론도 식판을 들고 대기 열에 섰다.

죄수들이 웅성거렸다. 조장이 줄의 가장 뒤에서 배식판을 들고 섰기 때문이다. 그것은 조장을 돕는 보조들도 마찬가지였다. 배식은 스키피오가 두 명을 차출해 시작했다. 원래는 100인 분의 배식. 10광구의 죄수들은 모두 98명.

차고 넘쳤다. 죄수들의 표정이 변하기 시작했다.

죄수들은 식사를 하고 멀뚱하니 대기했다. 명령이 있어야 움직인다. 지극히 수동적이었다. 이럴 때는 제한적인 명령을 내려줄 필요가 있었다. 카이론이 라마나에게 고개를 끄덕였다.

"30분간 휴식!"

휴식의 명이 떨어지고 보조가 깨끗하게 비운 배식통을 반납하기 위해 광구를 나갔다.

"방장에게 들어가는 상납금이 얼만지 아나?"

스피키오에게 물었다.

"미스릴 5g, 금 10g이오."

"시간은?"

"열 시요."

"상세하게 알고 있군."

"꿈을 잃지 않기 위한 결과요."

그 말에 스피키오에게 시선을 향하는 카이론이다. 그러다 피식 웃었다.

"당분간 조용히 지낼 작정이야."

"다시 꿈을 꿀 수 있다면야 그 정도쯤은 아무런 상관 없소."

또 한 명이 합류했다. 기실 스피키오는 꿈을 포기한 것이 아니었다. 살아 있다면 언젠가는 꿈을 이룰 수 있을 것이라고 생각했다. 하지만 1년이 되고 2년이 되고 10년이 넘어갔을 때는 서서히 지쳐 갔다.

제자들의 배신에 의해 무너진 현자의 탑. 뿔뿔이 흩어진 제자들.

살아 있을 것이라 생각했지만, 그래서 자신을 구할 것이라고 확신했지만 그 희망과 기대는 무너져 내리고 있었다.

그 이유는 이곳 알카트라즈라는 감옥은 절대라는 말을 써도 과하지 않을 만큼 악마의 요새나 다름없었으니까. 그러던 와중에 새로운 희망이 그에게로 왔다.

죄수로 왔으면서 죄수답지 않은, 전혀 수그러들지 않고 당당하기 그지없는 자.

'희망은… 아직 있다.'

절치부심.

그 기간이 대체 얼마이던가? 이제 다시 기회를 잡았는데 놓칠 수는 없었다.

설사 이것이 기회가 아니라고 해도 상관없었다. 더 이상 자신에게는 지금과 같은 기회는 없을 터이니까. 다시 기회를 잡기에는 자신의 나이가 너무 많음을 알고 있으니까.

"그리고……."

"그리고?"

"오늘 밤 7광구의 조장이 올 것이오."

"왜?"

"10광구의 전 조장은 서열 5위였소."

"그 말은 상위 서열에게도 상납한다는 말인가?"

"그렇소."

스키피오의 말에 말없이 고개를 끄덕이는 카이론이다. 감옥도 사람 사는 곳.

다른 세계 같은 감옥이나 인간 세계를 더욱더 적나라하게 반영하고 있었다.

"상납하지 않으면?"

"그래서 10광구에 있는 죄수의 수가 모자란 것이오."

"빼간다는 건가?"

"아니오."

"하면?"

"…그들은 인육을 먹고 있소."

"……."

카이론의 미간이 찌푸려졌다.

그것은 그의 주변에서 같이 듣고 있던 이들 역시 마찬가지였다.

"많나?"

"1, 3, 4, 6조장, 그리고 방장이오."

"그들을 따르는 이들을 용서하기 힘들겠군."

그 말을 남기고 카이론은 곡괭이를 들고 일어섰다. 그런 카이론의 행동을 의문스러운 눈으로 바라보는 스키피오이다.

카이론이 다른 이들보다 큰 곡괭이를 어깨에 턱 두르고 걸음을 옮기자 이제는 보조가 되고 친위대가 된 서른두 명의 죄수가 함께 움직였다.

스키피오가 의문에 찬 얼굴이 된 이유는 광구 특유의 환경 때문이었다.

광구는 안으로 들어가면 들어갈수록 환경이 좋지 못하다. 그래서 조장과 보조들은 절대 광구 안쪽으로 들어가지 않았다. 입구에서 모든 지시를 내렸다.

그런데 카이론과 보조, 그리고 그의 친위대는 점점 더 안쪽으로 걸어 들어가고 있었다.

의문에 찬 눈빛을 보내는 건 다른 죄수들도 마찬가지였다. 그들은 마치 미친놈 보듯이 카이론과 그 일행을 바라보았다.

그러기를 한 시간.

마침내 가장 안쪽에 도착한 카이론은 말도 없이 벽을 향해 곡괭이를 내려쳤다.

까아아아앙! 까앙!

벽을 파내기 시작했다. 그와 함께 온 이들도 벽을 내려쳐 채광을 하기 시작했다. 그들은 건강하기 이를 데 없는 신체를 가지고 있었다. 지치지도 않았다. 덕분에 채광 작업은 빠르게 진행되었다.

한 번 휘두를 때마다 돌가루가 날리며 거대한 광석이 떨어져 내렸다. 그에 죄수들은 누가 시키지도 않았는데 떨어진 거대한 광석을 잘게 부수고 원석 형태의 미스릴과 금, 은, 철광

석으로 분류했다.

믿을 수 없을 정도로 순도 높은 광산이었다.

정교한 작업을 거치는 것도 아니고 그냥 채굴하는 족족 미스릴이 존재하고 금이 보였다. 걸러내는 작업이나 세세한 과정을 거치지 않아도 될 만큼 말이다.

작업은 계속되었다. 어느새 광구 안은 허연 돌가루로 가득했다. 죄수들은 죄수복으로 코와 입을 막고 쉴 틈 없이 분류 작업을 했고, 서른세 명의 죄수는 약 50분에 한 번꼴로 광구에서 얼마 떨어지지 않은 곳으로 나와 맑은 공기를 들이마시고 다시 채광을 계속했다.

사실 죄수들은 모르고 있었으나 그들은 50분 마다 한 번 호흡을 하는 것이었다. 말도 안 되는 이야기였다. 하지만 그들은 그렇게 했다. 이곳까지 도보로 한 달간 이동하면서 카이론을 따르는 이들은 그렇게 훈련했다.

그래서 그들은 소량의 음식만으로 다량의 음식을 섭취한 이들보다 더 많은 열량을 낼 수 있었고 더 강건한 몸을 가질 수 있었다. 오히려 마나를 다룰 때보다 몸이 더 가볍게 여겨질 정도로 말이다.

그래서 그들은 카이론을 따르고 그를 믿었다.

그 효과는 알카트라즈의 지독한 광구 내에서도 여실히 드러나고 있었다. 그들이 채광 작업을 하는 동안 나머지 죄수들은 그저 지켜볼 뿐이었다.

돌가루라는 것이 들이마시는 순간 폐에 쌓여 결국에 이르러서는 죽음에 이르게 한다. 광석이란 그런 것이다. 인간에게 유용하고 부와 권력을 제공하지만 그것은 결국 인간의 피를 먹고 세상에 태어나는 것이었다.

쿠우웅!

마지막 한 덩어리의 광석이 떨어져 내렸다. 죄수들은 득달같이 달려들어 광석을 쪼개고 분류했다.

그리고 가장 선임인 자가 입을 열었다.

"미스릴 100g, 금 340g을 추가로 생산해 총 미스릴 240g과 금 690g입니다."

광구 입구에서 정산되어야 할 생산량이 조장이 광구의 끝에 있음에 광구 끝으로 전달되고 있었다.

"작업을 종료한다."

"우~"

"와아~"

큰 함성은 나오지 않았다. 단지 예상보다 빠른 작업 종료에 다들 가벼운 탄성을 지를 뿐이었다. 아직 작업 종료까지는 한 시간 이상 남아 있었으니까 말이다.

"입구로 집합!"

전원이 카이론의 뒤를 다르며 입구로 나가기 시작했다. 할

당량만 채우면 놀든 자든 신경 쓰지 않는 교도관들이었다. 카이론은 할당량과 일정량의 상납금, 그리고 거기에 조금 더 얹어 교도관에게 전달했다.

당연히 돌아오는 것은 교도관의 무관심이었다. 이 광구 안에서 무관심보다 더 좋은 것은 없었다. 그렇게 한 시간 동안 휴식을 취하는 가운데 작업 종료를 알리는 종소리가 울려왔다. 그에 각 광구의 죄수들은 허리를 펴고 곡괭이를 든 채로 7호 채굴지의 중앙에 모여들었다.

일천에 이르는 이들이 모여드니 그 모습이 자못 대단했다.

조장들은 10광구를 주시했고, 조장과 보조가 바뀐 것을 보고 몇몇은 눈살을 찌푸리고 몇몇은 진득한 살소를 베어 물었다.

"1,042명! 이상 무!"

선임 교도관이 교사에게 보고했다. 교사는 고개를 끄덕이며 단상에서 그저 한 번 훑어보는 것이 다였다.

"해산!"

"해사안!"

그것으로 끝이었다. 각 조별로 정해진 숙소로 들어가면 되었다. 총 열한 개 동으로 이루어진 막사를 향해 각 조별로 이동했다. 이후 석식까지 아주 자연스럽게 끝이 났다. 7호 채굴지에 적막에 찾아들었다.

하지만 모두가 그 적막 속에 빠져든 것은 아니었다. 몇몇의 검은 인영이 조심스럽게 움직이고 있었다. 그중에는 카이론과 열 명의 보조도 있었다.

그가 모습을 드러낸 곳은 인적이 없는 후미진 광구였다.

폐쇄된 광구로 호리병 같은 구조 때문에 안에서 일어나는 일이 밖에서는 보이지 않았고 소리도 잘 빠져나가지 않는 장소였다.

"여어~ 오랜만이야! 아니, 처음인가?"

카이론이 모습을 드러내자 반가운 척 손을 흔들며 격하게 환영하는 이가 있었다. 어둠을 뚫고 거대한 신체의 소유자가 카이론을 맞이하고 있다. 카이론도 큰 신장이지만 그보다 더 커 보였고 더욱 질리게 하는 것은 그자의 몸체였다.

저게 사람일까 싶을 정도로 비대했다.

이 무시무시한 알카트라즈의 감옥에서 과연 저런 몸집을 어떻게 유지할 수 있었을까 의문이 생길 정도로 거대한 체구와 살집을 가진 자였다.

"난 7광구 조장 크레이지 보어야."

"돼지 같아 보이긴 하는군."

카이론의 말에 순간 크레이지 보어의 살찐 얼굴이 푸들거렸다. 그러다 입을 크게 벌리며 웃었다.

"크하하! 거참, 애송이 새끼가 입이 걸구만."

"돼지가 말도 하는군."

"큭큭."

카이론의 말에 그의 뒤에 있던 열 명의 보조가 웃음을 참지 못하고 웃었다. 하지만 스키피오는 조금은 굳은 얼굴을 하고 있다.

'도대체 어쩌자고.'

지금 카이론은 7광구의 조장을 도발하고 있었다. 마치 말로 하지 말고 행동으로 보이라는 듯이 말이다. 그리고 그 도발은 아주 잘 들어맞고 있었다.

"일단 다져 놓고 대화를 해야겠군. 애들아!"

크레이지 보어의 입에서 살벌한 음성이 흘러나왔다. 그에 수갑과 족쇄가 없는 열 명의 보조가 앞으로 나왔다. 그들은 곡괭이를 든 것이 아니라 교도 중대에서나 쓸 법한 무기를 들고 있었다.

보조들이 나서니 카이론 쪽에서도 보조가 나섰다. 하지만 열 명이 아닌 아홉 명이다. 스키피오는 나설 수 없었다. 그가 나서면 오히려 전력을 깎아먹는 것과 다르지 않으니까 말이다.

"흐흐, 영감도 있었어? 영감은 가죽만 있어서 질기기만 한데 말이야."

앞으로 나선 열 명의 조장 중 누군가 입을 열었다. 그들은 자신들에게 맞서고 있는 신임 보조들을 비웃고 있었다. 수갑과 족쇄가 없다 해도 자신들의 상대가 안 될 텐데 숫자까지 한 명 모자라니 말이다.

"살살 다져라. 너무 다지면 맛이 떨어진다."

"클클. 성님도 참, 걱정도 팔자슈."

그들끼리 신이 나 대화를 하고 있다. 그때 키튼이 손가락으로 귀를 후비적거리며 입을 열었다.

"어디서 개새끼들이 왈왈대나?

키튼의 말에 보조들의 얼굴이 살짝 굳었다. 그러다 다시 입을 열었다.

"그래, 그래야지. 그래야 다지는 맛이 나지."

"어라? 개새끼가 말을 하네?"

한마디도 지지 않는 키튼. 아예 상종도 하지 않겠다는 듯하다. 그에 보조들 중 첫 번째인 자의 얼굴이 딱딱하게 굳으며 외쳤다.

"조져!"

"밟아!"

열 명의 보조가 일제히 무기를 들고 카이론을 따르는 아홉 명에게 쇄도했다. 자신들을 향해 쇄도하는 열 명을 보며 키튼을 중심으로 한 여덟 명은 흰 이를 드러내며 웃었다. 키튼은 어느새 그들의 중심에 서 있었다.

이미 군을 버리고 계급도 버렸으며 출신조차 버린 그들이다.

그들에게는 동료라는 것, 등을 맡길 수 있다는 것, 그리고 함께할 수 있다는 것이 중요했다. 그렇다고 해서 서열이 없는 것은 아니었다.

서열을 가르는 것은 실력과 나이였다.

그에 따라 자연스럽게 스키피오가 들어오기 전까지 키튼은 이들의 중심이 되어 있었다. 아니, 지금도 그렇다. 스키피오는 아직 인정받지 못했다. 인정을 받고 동료로 다가가기에는 너무나 짧은 시간이었으니까.

흰 이를 드러내며 이죽이던 키튼의 얼굴에서 웃음이 사라졌다. 그리고 나직하게 으르렁거렸다.

"죽여도 상관없다."

파앙!

그 말과 함께 앞으로 튕겨져 나가는 키튼의 신형이다. 마나를 쓸 수 없다고 해서 그 기본이 사라지는 것은 아니었다. 수많은 흉험한 전장을 돌아다녔으며, 죽음 속에서 살아남은 이들이다.

어찌 일반 죄수들과 같을 것인가? 절대 같을 수 없었다. 알카트라즈에 들어오기 전까지 그들은 무기도 없이 굴러다는 돌멩이와 부러진 나뭇가지로 몬스터와 싸웠다. 그러한 이들이 무기를 들었다고 해서, 손발이 조금 더 자유롭다고 해서 죄수들을 무서워할 리 없었다.

가장 먼저 뛰어나간 키튼은 도끼를 들고 자신을 두 쪽 낼 듯한 기세로 찍어오고 있는 죄수의 품속으로 번개처럼 뛰어들었다. 수갑에 연결된 사슬로 죄수의 목을 순식간에 두 번 휘감고 그대로 메쳤다.

콰아앙!

"크으윽!"

답답한 비명이 흘러나왔다. 하지만 키튼은 자신에게 도끼를 휘두른 죄수를 살려둘 생각이 없었다. 더군다나 인육을 먹는 놈들이다.

우드드득!

뼈 부러지는 소리가 들려왔다. 혀를 빼물고 비명도 지르지 못한 채 죽어가는 죄수.

키튼만이 아니었다. 다른 죄수들도 마찬가지였다. 비록 그 시간 차가 나긴 했으나 역시 죽는 것은 다르지 않았다.

그리고 마침내 아홉 번째 죄수가 쓰러졌을 때 마지막 남은 죄수 한 명은 짧고 뭉툭한 한쪽 날을 가진 칼을 들고 엉거주춤하게 서 있을 뿐이었다. 그러다 불리함을 느꼈는지 슬금슬금 뒤로 물러나기 시작했다.

하지만 죄수는 더 이상 물러날 수 없었다.

덥석!

물러나는 죄수의 머리를 거대한 손이 잡아챘다. 그리고 그 대로 손에 힘을 줘 죄수의 머리에 압력을 가하며 들어 올렸다.

"끄으으! 사, 살려……."

"무섭단 말이지? 무서워? 이 크레이지 보어의 수하가 적이 무서워 뒷걸음질 쳐?"

"죄, 죄송……."

콰직!

머리통이 잡혀 들려지던 죄수는 더 이상 아무 말도 할 수 없었다. 크레이지 보어가 죄수의 목을 물어뜯은 탓이다. 크레이지 보어는 죄수의 목에서 입을 떼지 않았다.

먹고 있었다.

핏줄을 씹고 피를 마셨으며, 근육을 파괴하고 뼈까지 씹어 삼키고 있었다.

"으적으적."

목을 절반쯤 먹던 크레이지 보어가 죄수의 목에서 입을 뗐다. 크레이지 보어의 입 주변은 온통 검붉은 피로 범벅이 되어 있다. 크레이지 보어는 피를 닦을 생각도 하지 않고 여전히 입에서 무언가를 우물거리다 죄수를 홱 집어 던졌다.

"크흐흐흐, 죽여주지."

그에 아홉 명의 보조가 전투 태세를 갖추었다. 그들에게 있어선 그놈이나 이놈이 똑같았다. 단지 살 좀 많고 덩치 좀 크다는 것을 제외하고는 말이다.

하는 행동은 보통 사람들이 보았을 때는 헛구역질을 할 정도이지만, 이 정도는 전쟁터에서 늘 보던 것이 아닌가?

몬스터와의 전투에서 늘 있던 일이 아닌가? 두려움보다는 오히려 분노를 불러일으키고 있었다.

"물러나."

그때 카이론이 조용히 말하며 앞으로 나섰다.

그에 키튼을 비롯한 여덟 명의 보조는 말없이 뒤로 물러났다. 카이론은 크레이지 보어의 5미터 앞에 서서 손가락을 까딱였다.

까딱까딱!

"와라!"

크레이지 보어가 입술을 기괴하게 비틀었다.

"크와아악!"

그에게는 무기가 없었다. 그의 몸 자체가 무기였으니까. 거대하고 비대한 몸에 비해 상당히 빠르고 저돌적인 움직임이다. 하지만 카이론의 상대는 아니었다.

덮쳐오는 크레이지 보어의 옆으로 슬쩍 피하며 오른발을 들어 허리를 쭉 내밀며 발의 앞 축으로 크레이지 보어의 명치를 직격했다.

투훅! 추울렁!

크레이지 보어의 명치를 중심으로 동심원의 파문이 일고, 겹겹이 쌓인 피부가 출렁거렸다.

"크흐음, 클클."

아주 잠깐 불편한 신음을 낸 크레이지 보어. 하지만 별다른 타격을 받지 않은 듯 보였다. 카이론은 그런 크레이지 보어를 보며 희게 웃음을 드러냈다.

"제법 근수가 나간다만……."

츄우웃!

말과 함께 카이론의 신형이 쭈욱 늘어났다. 아니, 늘어나는 것처럼 보였다.

크레이지 보어도 그렇게 보았다. 하지만 걱정하지 않았다. 그래봐야 자신에게는 통하지 않을 것이라 생각했기 때문이다.

그리고 결정적으로 수갑과 족쇄를 차고 있는 자다. 움직일 수 있는 범위가 명백하게 정해져 있고, 그것은 결국 공격 범위와 충격이 평소보다 훨씬 더 줄어들 수밖에 없으니까.

쿠후우욱!

"억!"

하지만 아니었다. 그저 가볍게 내지른 카이론의 주먹이 발

적응 111

가락이 보이지 않을 정도로 솟아오른 자신의 배에 닿자 짜르르한 무언가가 전신을 강타하는 것 같았다. 하지만 그것은 시작일 뿐이었다.

도저히 수갑과 족쇄로 행동에 제약을 받는 움직임이라고는 생각할 수 없을 만큼 빠르게 움직이며 자신의 전신을 강타함에 전신을 철갑처럼 두르고 있던 지방과 살이 순식간에 분해되는 것 같은 착각이 들었다.

콰하악!

그리고 마지막 일격이 가해졌을 때, 크레이지 보어는 무언가 쑤욱 빠져나가는 듯한 느낌을 받았다. 아니, 실제로 크레이지 보어는 홀쭉해져 있었다. 그의 전신을 둘러싸고 있던 비대한 무언가가 모두 사라지고 진흙처럼 축 처진 가죽만 남았다.

"이게……."

하지만 카이론은 기다려 주지 않았다. 크레이지 보어에게 빛보다 빠른 속도로 달려가며 그대로 회전했다. 그리고 발뒤축이 크레이지 보어의 정수리를 내리찍었다. 왼발, 그리고 오른발.

쩌엉! 쩌정!

쇳소리가 났다. 카이론은 크레이지 보어의 정수리를 내리찍은 반동으로 허공을 날아 이미 착지한 상태. 그 순간 크레이지 보어의 늘어진 피부가 푸들푸들 떨리기 시작했다. 그 떨림은 점점 거세졌고, 마침내 마른 고목과도 같은 전신을 격렬하게 떨기 시작했다.

퍼억!

그러다 갑자기 떨림이 멈추더니 크레이지 보어의 머리가 그대로 터져 버렸다. 핏물과 뇌수가 엉겨 진득한 덩어리가 사방으로 퍼졌다. 그때를 같이해 카이론은 서서히 일어섰다. 그는 신형을 돌려 크레이지 보어의 시체 속에서 곡괭이 하나를 찾아냈다.

전리품이라 할 수 있다. 그 곡괭이를 가지고 있는 한 새로운 7광구의 조장은 자신을 찾아올 수밖에 없을 것이고, 자신은 그와 담판을 짓게 될 것이다.

죽이든지 끌어들이든지. 카이론은 말없이 신형을 돌려 호리병 지역을 벗어났다.

그에 키튼 이하 모두가 그를 따랐다. 거기에는 스키피오도 포함되어 있었다. 그들이 완전히 모습을 감추자 적막이 감도는 호리병 모양의 공동에 일단의 인물들이 모습을 드러냈다.

모두 열한 명. 그중 가장 앞에 선 자는 조금은 왜소해 보였다. 길고 치렁하게 흘러내려 뭉쳐 있는 금발, 175cm 정도의 신장, 도드라진 힘줄, 잘게 나눠진 근육, 쭉 뻗은 대리석 같은 허벅지와 종아리, 드러난 복부에는 선명한 식스팩이 자리 잡고 있다.

여자 죄수였다. 하지만 여자라기보다는 마치 전사를 보는 듯한 모습이다. 그녀가 어둠 속으로 사라지는 카이론을 바라보다 피떡이 되어 있는 열한 구의 시체를 보았다.

그녀의 옆으로 한 명의 거구의 죄수가 다가와 섰다.

"10광구의 신임 조장이라고?"

"그렇습니다."

"……."

그녀의 물음에 거구의 죄수가 담담하게 답했다. 그녀는 말이 없었다. 무언가 깊이 생각하는 표정이다.

"판단이 안 서는군. 마치… 마치 작정하고 일부러 이곳에 온 느낌이야."

그녀가 보기에 10광구의 조장은 분명 그랬다. 전혀 거리낌이 없었다. 마치 원래 이곳에 있던 것처럼 말이다. 그리고 하루가 안 되어서 두 명의 조장을 아주 가볍게 죽이고 당연하다는 듯이 조장이 되었으며 교도관들에게 상납까지 마쳤다.

모든 것이 너무나도 자연스러웠다.

"일단 두고 보도록 하지."

"알겠습니다."

그들도 어둠 속으로 사라졌다. 알카트라즈 7호 채굴지의 폐쇄된 광구에 다시 적막이 찾아왔다. 이따금 들려오는 경비 교도 중대의 경계병들이 순찰을 도는 소리를 제외하고는 어떠한 소음도 들려오지 않았다.

*　　*　　*

하루가 지나고 이틀, 사흘이 지났다. 두 명의 조장과 스물에 이르는 죄수가 죽어나갔지만 7호 채굴지에는 어떤 변화도 찾아오지 않았다. 애초에 그들이 있었는지도 모른 듯 말이다.

그리고 나흘째 되는 날 카이론이 있는 10광구에 일단의 인물들이 찾아왔다. 정확히 열한 명. 하지만 그들은 꽤 오랫동안 기다려야만 했다. 카이론이 광구의 초입에 자리하고 있는 것이 아니라 광구의 가장 안쪽에 들어가 있었기 때문이다.

10광구의 몇몇 죄수는 태연하게 불이 밝혀진 광구의 안쪽을 바라보고 있는 이들을 경계했다. 자신들이 경계해 봐야 소용없다는 것을 알면서도 그들은 자신들이 해야 할 일이라는 듯이 경계에 집중했다.

저벅저벅!

미약하지만 분명하게 광구 안쪽에서부터 발자국 소리가 들렸다.

그에 작업을 하고 있던 죄수들이 작업을 멈추고 대기에 들어갔다.

서서히 모습을 보이는 카이론과 그를 따르는 열 명의 보조, 그리고 스물두 명의 친위대.

우뚝!

카이론이 자신을 찾아온 이들 앞에 섰다.

"7광구 신임 조장 카를로스요."

싸울 의사가 없어 보인다. 싸울 의사가 있었다면 말은 필요 없었을 것이다.

카이론은 싸울 의지가 없음을 알고 들고 있던 곡괭이를 그의 발치 앞으로 던지며 신형을 돌려세웠다.

"상납은 필요 없다. 도전은 언제든지."

그 말을 남기고 다시 광구 안으로 걸어 들어가는 카이론이다. 7광구의 조장 카를로스는 말없이 카이론이 던진 곡괭이를 집어 들었다. 어차피 이곳에 찾아온 것은 스스로 그의 아래라는 것을 인정하는 것이니까 말이다.

"할 말이 있소."

걸음을 옮기려던 카이론이 신형을 멈추고 7광구의 신임 조장을 바라보았다.

"할 말?"

"그렇소."

"오래 걸리나?"

"때에 따라서는."

카이론은 고개를 돌려 스키피오를 바라봤다.

"어차피 어제 많은 양을 채굴한 관계로 오늘은 쉬엄쉬엄해도 됩니다."

스키피오는 어느새 하오체와 존대를 섞어 사용하고 있었다. 그 말인즉슨 아직 그는 마음을 정하지 못하고 있지만 어느 정도 카이론을 인정하고 있다는 것을 의미했다.

"키튼!"

"예에~"

"감독해."

"알겠습니다."

키튼이 몇몇을 데리고 광구 안쪽으로 들어갔다.

스키피오와 라마나가 남았다. 카이론은 7광구 신임 조장을 보며 턱짓했다. 그에 일손을 멈춘 죄수들이 빠르게 다탁과 의자를 그들 앞에 놓았고, 카이론은 자연스럽게 의자에 앉았다.

7광구 신임 조장 역시 카이론의 앞에 마주 앉았고, 투박하게 만들어진 찻잔 안에 묽은 액체가 차올랐다.

호사였다. 어느 누가 이 지옥 같은 알카트라즈에서 차를 마실 줄 알았겠는가?

"무슨 말인가?"

"어떻게 하실 거요?"

"뭘 말인가?"

"설마하니 차 한 잔 마시자고 10광구 조장과 7광구 조장을 죽인 것은 아닐 거 아니오?"

차를 마시던 카이론은 찻잔을 내려놓고 7광구 조장을 바라보며 입을 열었다.

"너는 어떤가?"

"뭘 말이오?"

"왜 광구의 조장이 되었나?"

"그야……."

카이론의 질문에 7광구 조장은 쉽게 말을 하지 못했다. 자신이나 자신의 앞에 있는 이 거대한 체구의 사내나 어차피 죄수이다.

"나는… 살기 위해서 조장이 되었소."

"나도 그렇다."

"하지만!"

"하지만?"

"당신은 다르오."

"뭐가 말인가?"

"그……."

또다시 말문이 막힌 7광구의 조장이다. 그가 섣불리 답을 찾지 못하고 있을 때 들려오는 목소리가 있었다.

"그 당당함!"

허스키하고 날카로운 목소리였다. 카이론의 시선이 10광구의 입구로 향했다.

거구의 사내를 동반한 한 명의 여인이 들어서고 있었다. 카이론은 놀라지 않았다. 그저 슬쩍 고개를 끄덕일 뿐이었다.

그에 의자가 만들어지고 찻잔이 놓였다. 그 자리에 거침없이 앉는 여인.

"9광구의 조장 폴린 노르딘이라고 하지."

그러면서 거침없이 앞에 놓인 차를 들이켜는 폴린 노르딘. 성이 있는 것을 보니 그녀는 분명 몰락 귀족일 가능성이 높았다.

물론 평민일 수도 있겠으나 성이 있는 평민 대부분이 몰락한 귀족의 후예였다.

또한 시종일관 거친 행동으로 상대를 위압하고 있지만 그녀의 행동 하나하나에는 어떤 알지 못할 기품이 깃들어 있었다.

"당당하면 안 되나?"

"안 될 것은 없지. 하나 죄수로서 과연 그럴 수 있을까?"

"그래서?"

탁!

"목적이 뭐지?"

마시던 찻잔을 소리 나게 내려놓으며 단도직입적으로 그

에게 묻는 노르딘이다.

"알카트라즈가 목적이 있어야 들어올 수 있는 것이었던 가?"

"그렇지는 않지. 알카트라즈는 분명 카테인 왕국을 비롯해 주변 3국에서 최고의 중죄인들만 모인 곳이니까."

"그런데? 묻는 의도를 모르겠군."

여전한 카이론의 태도. 그에 노르딘 9광구 조장은 뚫어지게 카이론을 바라보았다. 그러다 느릿하게 입을 열었다.

"당신은 전혀 거리낌이 없어. 10광구 조장을 죽이는 것도, 7광구의 조장을 죽이는 것도, 그리고 자연스럽게 죄수들을 아우르는 것도. 처음 이곳 7채굴지에 들어서는 순간에도 전혀 긴장감이 없었지. 마치 당연하다는 듯이 말이야."

"핵심이 없군."

"핵심? 핵심이라……. 그래, 핵심이 필요하지."

혼자 묻고 혼자 생각하고 혼자 답하는 9광구의 조장 폴린 노르딘.

"단도직입적으로 묻지. 무슨 목적이냐? 설마 소장이 물갈 이라도 하라든가?"

"소장?"

"아닌가?"

이건 또 무슨 말인가? 각 채굴지의 조장이 상당한 자율성을 가지고 있다는 것은 알고 있다. 그런데 그것이 알카트라즈의 소장과 무슨 관계란 말인가? 카이론의 시선이 노르딘 9광구 조장에게로 향했다.

"내가 소장을 대신하는 것으로 보이나?"

"그렇지 않으면 설명이 안 돼."

"그럴 수도 있겠군."

무언가 확 불이 일어날 것 같던 분위기가 순식간에 차갑게 가라앉았다. 긍정도 부정도 하지 않은 카이론.

그런 태도가 분위기를 싸늘하게 이끌고 있었다.

"스키피오."

"예!"

"세력 판도가 어떻게 되지?"

카이론은 카를로스 7광구의 조장과 폴린 노르딘 9광구 조장은 아예 안중에도 없다는 듯이 곁에 있는 스키피오에게 물었다.

"7채굴지의 서열 1위는 역시 방장입니다. 이후 1, 3, 4, 6, 7 조장의 순이었으나 조장이 7조장을 죽여 서열 6위로 올라간 상황입니다. 이후 조장의 뒤를 잇는 이가 바로 10광구 조장이었습니다."

"7채굴지를 장악하려면 그들을 다 죽여야 하나?"

"그런 방법도 있지만 가장 빠른 방법은 서열 1위 방장에 대결을 신청하는 겁니다."

"공식적인가?"

"비공식입니다."

"교도관과 교사, 그리고 경비 교도대는?"

"그것은······."

살짝 말을 흐리는 스키피오이다. 이전에 말한 죄수들이 동
등한 입장이라고 하면 7채굴지를 관리 담당하는 교도관, 교
사, 그리고 경비 교도대는 공권력이었다. 엄격하게 죄수들과
분리된 세력이라 할 수 있었다.

자칫 잘못하면 7채굴지가 아닌 알카트라즈 전체 공권력과
맞붙을 수 있었다.

"서열 1위에 오르고 7채굴지를 내 휘하에 두려면 얼마의
시간이 걸릴까?"

"적어도 3개월의 시간은 걸릴 겁니다."

스키피오 대신 라마나가 말했다. 카이론은 그 둘의 성향을
어렵지 않게 파악할 수 있었다. 라마나는 전장에서 자신과 함
께할 수 있는 성향이고, 스키피오는 후방에서 지원하는 성향
이 강했다.

이곳은 전장과 같다. 스스로의 성향에 대해서 너무나 잘 알
고 있는 그들인지라 물러서고 나섬에 있어 거리낄 것이 없었
다.

"3개월이라……. 아홉 개의 채굴지 모두 그렇다고 보는 가?"

"시작이 어렵지 시작된 후에는 가속이 붙을 것입니다."

"괜찮군."

그리 답하며 카이론은 자신의 앞에 있는 폴린 노르딘 9광구 조장과 카를로스 7광구 조장을 바라보았다. 그의 눈동자는 무심했다. 이것은 아주 중요한 일이었다. 그런데도 아주 거리낌 없이 두 조장 앞에서 계획을 주고받았다.

카를로스 7광구 조장은 잔뜩 인상을 찌푸린 채였지만 폴린 노르딘 9광구 조장은 경악에 찬 눈으로 카이론을 바라보았다.

"당신… 알카트라즈를 손에 넣을 생각인가요?"

"제대로 보았군."

"불가능해요."

"왜지?"

"그건…….."

카이론의 질문에 폴린 노르딘 9광구 조장은 말문이 막히고 말았다. 지금껏 그 누구도 장악하지 못한 알카트라즈. 이곳만 장악하면 적어도 일만에 가까운 병력을 단박에 거두어들일 수 있었다. 물론 아무런 피해 없이 접수한다면 말이다.

알카트라즈에 수감된 죄수 중 극악한 죄를 저질러 수감된 자는 겨우 1%도 되지 않았다. 알카트라즈의 90% 이상은 군사적 보복, 혹은 정치적 술수에 의해 제거된 자, 혹은 영지전 등 귀족의 권력 다툼에서 희생된 몰락한 귀족이 대부분이었다.

그런 이들이 일만이다.

그것을 온전하게 손에 넣으면 어떻게 될까? 그 파급력은 상상조차 할 수 없을 정도 거대했다. 그래서 불가능하다고 했다. 하지만 폴린 노르딘 9광구 조장은 모르고 있었다. 자신이 어느새 눈앞에 무덤덤하게 있는 자에게 경어를 사용하고 있다는 것을 말이다.

딸깍!

찻잔이 작은 소리를 냈다. 그리고 카이론의 시선이 7광구 조장과 9광구의 조장을 향했다.

"너희들에게 허락을 구하는 것이 아니다."

그랬다. 허락을 구하는 것이 아니라 물어서 답한 것뿐이다.

그것이 가능하다거나 불가능하다거나 하는 구분은 의미 없었다. 무엇을 원하느냐 물었고, 그것을 원한다고 답했을 뿐이다.

두 조장의 눈에 불신의 빛이 떠올랐다.

"따르거나 따르지 않거나. 선택하는 건 너희들의 몫."

그 후 입을 닫고 자리에서 일어나는 카이론. 축객령이었
다.

더 이상 이곳에 머물 필요가 없었다. 7조장과 9조장이 자
리에서 일었다. 9조장은 얼굴 가득 근심의 표정이, 7조장은
눈동자를 뱀처럼 차갑게 빛내고 있었다.

제4장

사람을 얻다

의도한 것일까, 아니면 의도하지 않은 것일까? 어째서 죄수들에게 자신의 심중을 드러냈을까? 스키피오는 궁금했다. 7조장과 9조장은 처음 만난 이들이다. 기본적으로 그들은 죄수들이고 말이다.

하지만 카이론은 그들을 만났고 자신의 속내를 드러냈다. 그들을 믿는 것은 아닐 터이다. 스키피오는 그것을 알 수 없었다. 그의 뛰어난 머리로도 말이다. 그리고 스키피오의 그 불안감은 결국 현실로 다가왔다.

그날 저녁 7광구의 조장은 교도관을 찾아갔고, 교도관은 교사를, 교사는 교위를 찾아갔으며, 교위는 즉각 알카트라즈의 부소장을 찾았다. 부소장 역시 알카트라즈의 소장을 찾았다.

피식!

알카트라즈의 소장 알렉산드르 피츄슈킨 남작은 피식 웃었다. 자신의 예감이 맞은 탓이다. 어쩐지 들어올 때부터 무언가 감추고 있는 것 같은 느낌이 들었다. 원래 이런 종류의 불길함은 잘 들어맞기 마련이다.

탁! 탁! 탁!

피츄슈킨 알카트라즈 소장이 책상을 손가락으로 두드렸다. 그러다 입을 열었다.

"어찌하면 좋을까?"

"어차피 청탁도 있고 하니 이참에 제거하는 것이 어떻겠습니까?"

"그러면 너무 재미없잖은가?"

"하면?"

퀴르텐 부소장이 되물었다.

"나약한 인간의 본성을 보고 싶군. 그놈을 따르는 놈들 중 핵심이라고 할 수 있는 열 명, 아니, 스키피오 그 노인네는 두고 아홉 명은 독방에 넣고 그놈은 특별히 13호실로 넣도록."

13호실이라는 말에 살짝 망설이던 퀴르텐 부소장은 이내 고개를 끄덕였다.

"알겠습니다."

퀴르텐 부소장은 살짝 고개를 숙인 후 소장의 집무실을 벗어났다. 부소장이 집무실을 벗어나자 피츄슈킨 소장은 다시 업무에 집중했다. 마치 아무런 일도 없었다는 듯이 말이다.

그리고 그 다음 날, 아침 경비 교도 한 개 대대가 움직였다.

척! 척! 척!

"죄수 번호 64,664번. 성명 카이론 에라크루네스. 맞나?"

"맞다."

퍽! 퍼억! 퍼버벅!

카이론을 향해 수없이 많은 몽둥이가 작렬했다.

카이론뿐만이 아니었다. 카이론을 둘러쌈과 동시에 스키피오를 제외한 아홉 명을 교도 중대원들이 둘러싸더니 구타하기 시작했다. 카이론의 친위대라 불리는 이들이 앞으로 나서려 했으나 스키피오는 그들을 말렸다.

그러는 동안에도 교도 중대원들은 카이론과 아홉 명의 보조를 무자비하게 구타했다. 하지만 그들은 전혀 몸을 움츠리거나 비명을 지르지 않았다. 그런 모습이 오히려 더 교도 중대원들의 화를 돋구었을까?

"이런 개새끼들이……."

"씨발! 죄수 주제에……."

어찌 되었든 자신들은 죄수였으니까 때리면 때리는 대로 맞아야만 했다.

경비 교도 중대는 무자비했다. 그들에게 있어서 이들은 그 저 죄수일 뿐이었다. 몬스터와 다르지 않고 개돼지나 다름없었다. 개돼지를 패고 몬스터를 죽이는 데 망설일 이유는 없었다.

그 와중에 카이론은 빠르게 주변을 훑었다. 그리고 그는 멀지 않은 곳에서 비열한 웃음을 떠올리고 있는 7광구의 조장을 볼 수 있었다. 경비 교도 중대는 여전히 자신을 비롯한 아홉 명에게 드잡이를 하고 있었다.

그들은 버텼다. 비록 지독하게 전해져 오는 아픔에 전신이 오그라들지라도 그들은 밖으로 신음을 내지 않았다. 오히려 전신을 웅크린 채 이를 악물 뿐이었다.

철컹!

그때 카이론이 발걸음을 내디뎠다. 그것이 시작이었을까? 잔뜩 웅크린 채 어떤 저항도 하지 않던 아홉 명의 죄수가 일어섰다. 그리고 자신들을 향해 거침없이 쇠몽둥이를 휘두르는 교도 중대를 향해 달려들었다.

"이, 이 새끼들이……!"

퍼걱!

죽이지는 않았다. 하지만 그들이 움직임에 반드시 한 명의 교도 대원이 기절하며 쓰러졌다. 당황한 교도 대원들이 미처 대항하지 못한 사이 30여 명에 이르는 교도 대원이 당했다.

"정신 차려!"

"죽여!"

"이런 썅!"

교도 대원들이 분노해 쇠몽둥이를 휘둘렀다. 더욱더 살벌하게 진압에 나서는 교도 대원. 처절한 진압이 시작되었다. 그동안 또 한쪽에서는 그야말로 기현상이 일어나고 있었다.

"이 새끼가 어디서!"

수십 명의 경비 교도 대원이 카이론에게 득달같이 달려들었다. 사방에서 날카로운 유리 파편이 박힌 쇠몽둥이가 날아들었다. 경비 교도대의 기본 무장인 사각의 타워 쉴드와 길이 1미터가 조금 넘어 보이는 쇠몽둥이가 가차 없이 카이론의 전신을 강타했다.

살점이 떨어져 나가고 핏물이 사방으로 튀었다. 하지만 카이론의 걸음은 멈추지 않았다. 오히려 다급하고 당황해하는 것은 그를 향해 쇄도한 수십의 경비 교도 대원들이었다. 카이론의 죄수복은 피로 흠뻑 젖어 있고 군데군데 찢어져 너덜너덜해져 있다. 그런데 중요한 것은 상처가 나고 살점이 떨어져 나가기 무섭게 상처가 아물고 있다는 것이다. 그러하기에 경비 교도 대원들은 그에 대한 공격을 주저하고 있었다.

"저… 무슨……."

"괴, 괴물이로군."

별의별 놈이 다 있는 알카트라즈에서도 눈에 띄는 모습이었다. 주춤거리면서 물러서는 교도 대원들까지 있었다.

"잡아!"

"이 새끼들아! 뭐 하는 거야? 뒈지고 싶어?"

경비 교도 중대장의 외침에 교도 대원들은 더욱 미친 듯이 카이론을 향해 몽둥이를 휘둘렀지만 별무소용이었다. 카이론은 끝이 둥글어 무엇이듯 걸어서 잡아당길 수 있게 되어 있는 특이한 걸쇠를 목과 두 다리에 건 채 걸음을 옮기고 있었다.

"이익!"

걸쇠를 잡고 있던 세 명의 교도 대원의 얼굴이 시뻘게졌다. 끌려가지 않으려고 젖 먹던 힘까지 쓰고 있는 것이다.

"뭐 해! 달려들어!"

교도 중대장의 말에 몇 명의 교도 대원이 힘을 합쳤으나 잠시 주춤했을 뿐 카이론은 여전히 걸음을 멈추지 않았다. 수십 명의 교도 대원이 사정없이 내려치는 몽둥이를 모두 맞으면서도 계속 한 방향으로 움직이는 카이론.

"어, 어?"

그 모습에 당혹해하는 이가 있었으니, 자신의 작품을 확인하기 위해 멀지 않은 곳에서 경비 교도대가 드잡이하고 있는 모습을 보고 있던 7광구 조장인 카를로스였다. 그의 표정이 점점 기이하게 일그러지고 있었다.

원래 같았으면 악을 쓰며 자신의 부하들을 앞으로 내보냈겠지만 지금은 그럴 수 없었다. 경비 교도대가 움직이고 있었기 때문이다. 그때 카를로스 7광구 조장의 눈과 카이론의 시선이 부딪쳤다.

부르르.

전신이 얼어붙은 것 같은 느낌이 들었다. 움직일 수 없었다. 카이론으로부터 눈도 뗄 수 없었다. 무슨 말을 하려고 했으나 입이 떨어지지 않았다.

그의 곁에 있던 보조들도 순간 불안한 느낌을 받고 있었다.

거구의 죄수가 수십의 경비 교도대를 질질 끌며 한곳으로 움직이고 있는데 그 장소가 바로 자신이 있는 곳 같다는 느낌이 들어서였다. 슬쩍 조장을 바라보니 조장은 아예 입을 벌린 채 가늘게 떨고 있다.

슬금슬금.

한 명의 보조가 뒤로 움직였다. 그에 나머지 보조들 역시 뒤로 물러났다. 그러기를 몇 번, 남은 것은 카를로스 7광구 조장뿐이다. 여기서 약세를 보인다는 것이 얼마나 치명적인 일인지 아는 그인지라 함부로 물러날 수가 없었다.

그는 주변을 둘러보았다. 자신을 따르던 열 명의 보조가 뒤로 물러나 있다. 그들이 자신을 보는 눈빛은 마치 저질렀으니 책임을 지라는 모습이다.

그가 정신을 차리고 다시 전면을 향해 고개를 돌렸을 때는 어느새 카이론이 눈앞에 서 있었다.

"어… 어… 저……."

마치 전신이 마비된 듯 움직이지 않았다. 어떻게 해서든지 이곳을 벗어나려 했지만 발이 떨어지지 않고 입술마저 떨어지지 않았다. 카를로스 7광구 조장은 그대로 굳어버렸다.

"죽여!"

그 순간 어디선가 카이론을 죽이라는 말까지 튀어나왔다. 그때 카이론의 손이 움직였다.

턱!

카를로스 7광구 조장의 목을 움켜잡은 카이론이 그를 들어올리고 있었다.

"끄으으윽!"

카를로스 7광구 조장은 머리에 전해지는 압박에 눈의 핏줄기가 터지고 미친 듯이 카이론의 손을 긁어대며 떼어내려 했다. 하지만 부질없는 짓이었다. 발악을 하면 할수록 머리에 전해지는 힘이 늘어나고 있었다.

그리고 마침내,

콰아아앙!

"꺼어억!"

카이론은 그대로 카를로스 7광구 조장을 뾰족하게 솟아오른 돌 위에 집어 던졌다. 그의 등을 뚫고 뾰족한 돌이 튀어나왔다. 입을 쩍 벌리고 눈을 부릅뜬 채 단말마를 토해낸 카를로스 7광구 조장은 그대로 절명했다.

그에 카이론의 목과 다리에 걸쇠를 걸고 잡아당기던 교도 대원은 물론 그를 향해 무지막지하게 쇠몽둥이를 휘두르던 교도 대원들의 행동이 멈추었다. 그저 멍하게 카이론을 바라볼 뿐이었다.

"이런 썅!"

그때 경비 교도대 중대장이 카이론을 향해 검을 휘둘렀다.

콰악!

하지만 그의 검은 더 이상 전진하지 못했다. 경비 교도대 중대장의 검이 카이론의 손에 잡힌 것이다. 경비 교도 중대장은 검을 움직이기 위해 앞으로 찔러도 보고 뒤로 빼기도 해봤지만 검은 바위에라도 박힌 듯 꿈쩍도 하지 않았다.

또오옥!

그때 검을 막고 있던 카이론의 손아귀에서 검붉은 핏방울 하나가 떨어져 내렸다. 경비 교도대 중대장은 질렸다는 표정

을 지어 보였다. 물러설 수도 앞으로 나갈 수도 없었다. 그저
버티고 있을 뿐이었다.

저벅!

카이론이 한 걸음 다가갔다.

"이익!"

경비 교도대 중대장의 입에서 당혹성이 흘러나오고 그의
몸은 두어 걸음 물러나고 있었다. 그것은 본능적인 움직임이
었다. 물러나면서도 경비 교도대 중대장은 당혹스러웠다. 알
카트라즈의 권력이라는 자신이 자신도 모르게 물러난 것이
다.

휘익! 쨍그랑!

카이론이 경비 교도대 중대장의 검을 잡아 손을 휘젓자 경
비 교도 중대장은 힘없이 자신의 검을 놓쳤다. 참담한 소리
를 내며 채굴지의 바닥을 뒹구는 경비 교도 중대장의 검이
다.

뚜욱!

또 한 방울의 검붉은 선혈이 카이론의 손을 타고 바닥으로
떨어져 내렸다. 그는 말없이 걸음을 옮겼다. 그에 바다가 갈
라지듯 좌우로 갈라지는 경비 교도 대원들. 카이론도 그랬지
만 그를 따르는 아홉 명의 보조 역시 만만치는 않았다. 때린
다고 해서 맞고만 있지는 않았다.

"덤벼!"

"조져!"

아홉 명의 보조가 덤비라 외쳤고, 그들을 둘러싼 경비 교도 대원들은 악다구니를 쓰며 달려들었다. 그러는 동안 카이론은 끊임없이 걸음을 옮기고 있었다.

덥석!

"뭐야! 이런 씨발!"

손을 잡힌 경비 교도 대원이 부지불식간에 외치며 자신의 손을 잡은 자를 바라보았다.

"어억!"

어느새 경비 교도 대원은 하늘을 날고 있었다. 카이론은 닥치는 대로 경비 교도 대원들을 잡아 집어 던졌다. 그들이 어디에 어떻게 떨어지는 것은 신경조차 쓰지 않았다. 쇠몽둥이를 들고 달려들면 달려드는 대로, 도망치면 도망치는 대로 잡아 집어 던졌다.

"조, 조져!"

"우와아악!"

카이론의 그런 무지막지함에 잠시 주춤하던 경비 교도 대원들이 거센 함성을 지르며 카이론에게로 쇄도했다. 하지만 그들은 카이론에게 도달하지 못했다.

그때였다.

"중대 발검!"

"방패 앞으로!"

처저적! 척! 척!

그들을 중심으로 경비 교도 중대가 빙 둘러싸 사각 방패를 앞으로 들고 쇠몽둥이가 아닌 검을 꺼내 들고 있다. 카이론은 들어 올린 경비 교도 대원을 쓰레기 버리듯 던지고 우뚝 멈췄다.

그가 멈추자 그를 따르는 이들 역시 저항을 멈췄다. 그들의 죄수복은 여기저기 찢겨져 있고 군데군데 피멍이 들었으며 검붉은 피가 죄수복을 물들이고 있었다. 그들은 카이론을 중심으로 모여들었다.

"꿇어!"

경비 교도 중대장이 외쳤다. 카이론의 시선이 경비 교도 중대장을 향했다. 중대장은 흰 이를 드러내며 카이론을 바라보았다. 더 설쳐보라는 듯이 말이다.

"2열 거창!"

"거창!"

경비 교도 중대장은 가차 없었다. 카이론은 슬쩍 자신의 뒤에 서 있는 이들을 바라보았다. 아홉 명. 자신을 믿고 이 지옥 같은 곳까지 따라온 이들이다. 그들을 보던 카이론이 서서히 무릎을 꿇었다.

"대장!"

그들은 심장이 튀어나올 만큼 놀라고 있었다. 그들이 아는 한 카이론은 그 누구에게도 무릎을 꿇지 않았다. 심지어는 고개조차 숙이지 않는 그였다.

그런데 그런 그가 무릎을 꿇은 것이다.

그들은 알고 있었다. 그 혼자라면 그는 절대 무릎을 꿇지 않았을 것이라는 것을. 이따위 알카트라즈는 오지도 않았을 것이라는 것을. 그들은 참담한 표정이 되어 카이론을 따라 무릎을 꿇었다.

"묶어!"

경비 교도 중대장의 말에 경비 교도 대원들이 움직였고, 두꺼운 쇠사슬로 카이론을 칭칭 감았다. 절대 못 빠져나가게 하겠다는 듯이 말이다.

"기상!"

열 명의 죄수가 쇠사슬과 밧줄로 꽁꽁 묶인 채 자리에서 일어났다.

"이동!"

하나로 엮인 열 명의 죄수. 어느새 모여든 것일까, 아니면 아직 작업에 투입되기 전이어서일까?

경비 교도 중대에 대항하는 열 명의 죄수를 7채굴지의 죄수들은 모두 보고 있었다. 그중 9광구의 조장은 주먹을 꽉 움켜쥐었다. 그녀의 뇌리에서는 열 명의 죄수가 보인 강렬함이 쉽게 지워지지 않고 있었다.

그리고 자신을 배신한 이를 단숨에 죽여 버리고 자신을 믿고 따르는 이들을 위해 무릎을 꿇는 그 모습이 말이다. 그녀만은 아닐 것이다.

그것은 여타 죄수들 역시 마찬가지였다. 그 누가 있어 경비 교도대에 대항할 것인가? 날카로운 유리 파편이 박힌 쇠몽둥이와 방패, 그리고 장창과 날카롭게 벼려진 그들의 글라디우스에 말이다.

하지만 열 명의 죄수는 그들에게 대항했다. 쇠사슬에 묶인 상태로 말이다. 피가 흘러도 상관없었고 살점이 떨어져 나가도 소용없었다. 결국 진압되었지만 그들은 당당했다. 압도된 것은 교도 대원들이지 그들이 아니었다.

죄수들은 그들이 끌려가는 것을 지켜보고 있을 뿐이었다.

"해산! 해산!"

"해산하란 말이다!"

교도관들이 채찍을 휘두르며 죄수들을 겁박했다. 그에 죄수들이 움직이기 시작했다. 하지만 그러한 죄수들의 눈에는 예전과는 다른 무엇이 담겨 있었다.

"살아 돌아온다면 한 번 기대해 보지."

9광구 조장이 나직하게 한 말이다. 그녀는 기대하는 눈으로 끌려가는 카이론과 그를 따르는 아홉 명의 보조를 바라보았다. 하지만 모두가 그녀와 같은 희망과 기대를 가지고 그를 바라보는 것은 아니었다.

"위험한 자입니다."

7채굴지의 방장 제프리와 그를 따르는 인물들. 그들은 무시무시한 시선으로 사라져 가는 카이론과 그 일행을 바라보고 있었다.

"한 번 정리해야 할 것 같군."

"지금 말입니까?"

"아니. 지금은 조금 기대하라고 놔두도록 하지. 희망이 무너졌을 때의 절망이라는 것을 느끼도록 말이야."

제프리 7채굴지 조장이 누런 이를 드러내며 웃었다. 그에 그의 주변에 있던 이들 역시 그를 따라 웃었다.

그가 움직이자 나머지 죄수들도 움직였다. 그들은 채굴에서 제외된 이들. 그들이 사라지자 다시 7채굴지에는 정적이 감돌았다.

그리고 다시 채광하기 위해 바위를 깨는 소리가 울려 퍼졌다.

그런 7채굴지를 뒤로하고 카이론과 그 일행이 도착한 곳은 음습하고 퀴퀴한 냄새가 흘러나오는 감옥 속의 감옥이었다.

열 명의 죄수는 차례로 창문도 없이 완벽하게 외부와 차단된 독방에 감금되었다. 독방은 띄엄띄엄 존재했다. 말이 독방이지 그저 동굴에 일정 공간을 파 두꺼운 철문으로 막아놓은 그런 장소였다.

각 독방과의 거리는 10~15미터. 두터운 철문이기에 소리를 지른다 해도 들을 수 없는 그런 곳이었다. 한 달 동안 이들은 어둡고 축축한 공간 속에서 오로지 혼자 지내야 한다.

그런 독방을 지나 가장 깊숙한 곳으로 향하는 카이론이다. 지독한 정적이 감도는 이곳에 아련하게 울려오는 소리가 있었다. 그것은 독방 중 가장 깊숙한 곳에서 들려오는 소리였다. 그 울림은 독방을 안내하는 간수들조차도 몸서리칠 정도였다.

"우어어억!"

다시 울려오는 소리.

철컹! 철컹!

그 울음소리와 맞춰 카이론의 전신을 옭죄고 있는 굵은 쇠사슬 부딪치는 소리가 공동을 울렸다. 그에 간수들은 슬쩍 카이론의 주변에서 떨어졌다. 마치 접근하기 어려운 무언가를 대하듯이 말이다.

길고 긴 통로를 따라 끝으로 다가갈수록 더욱더 거세지는 울림. 그 울림은 인간의 울림이 아니었다. 마치 몬스터의 그것과도 같은 소리였으니 간수들은 그 울림이 터질 때마다 얼굴이 하얗게 탈색되었다.

철컹! 쿠르르르!

그리고 마침내 마지막의 거대한 철문이 열리고 카이론이 안으로 걸음을 옮기자마자 거대한 철문이 기이한 소리를 내며 닫혔다.

"크르르르."

그에 짐승의 울음소리가 들려왔다. 카이론은 말없이 그 울음소리가 들려오는 쪽으로 걸음을 옮겼다. 독방이라고는 하지만 독방답지 않게 넓었다.

"크와아앙!"

철컹! 철컹! 투드득!

쇠사슬 부딪치는 소리가 들리고 무언가 떨어지는 것 같은 소리도 들렸다. 하지만 카이론의 얼굴에서는 전혀 두려움이나 공포 따위는 찾아볼 수 없었다. 카이론이 서서히 걸음을 옮긴 곳. 그곳에는 희미하게 일렁이는 불빛에 그 어렴풋이 모습이 보이는 존재가 있었다.

거의 3미터가 넘어 보이는 거대한 체구. 체구만 놓고 보자면 절대 인간이라 할 수 없을 정도로 거대했다.

"크르르. 사람, 사람… 냄새구나."

분명 인간이었다. 하지만 그 존재에서 흘러나온 음성은 마치 몬스터가 말하는 것 같은 느낌이 들었다. 카이론은 그 존재 앞으로 다가갔다. 거대한 존재는 전신에 쇠사슬이 달려 있었다.

양쪽 쇄골로 쇠사슬이 뚫고 지나가고 있으며, 양팔 역시 수갑이 채워져 핏물을 흘리고 있었다. 견갑골에도 쇠사슬이 있었으며, 허리와 허벅지, 발목 등에도 쇠사슬이 채워져 있다. 쇠사슬이 채워져 있는 곳에는 예외 없이 검붉은 핏물이 딱지처럼 굳어 있었다.

철컹! 철컹!

카이론이 자신의 앞으로 다가오자 그 존재는 거칠게 포효하고 팔과 다리를 움직였다. 그럴 때마다 그의 전신에서는 검붉은 핏물이 울컥울컥 쏟아졌다. 그러면 그럴수록 난폭해지는 존재.

카이론은 말없이 그 존재를 바라보았다. 거대한 존재는 자신이 아무리 소리를 질러도 상대는 전혀 미동조차 하지 않는다는 것을 알고 자신의 가슴쯤에 오는 인간을 바라보았다. 카이론이 얼굴을 앞으로 내밀었다.

"크르르르"

짐승의 소리를 내며 카이론과 시선을 부딪치는 거대한 존재. 둘의 시선이 부딪치자 짐승의 소리를 내는 존재는 날카로운 송곳니를 드러내며 으르렁거렸다.

찌직. 찍. 찍.

세상모르는 쥐 한 마리가 짐승의 소리를 내는 사내의 팔을 타고 내려와 사내의 입 쪽으로 다가갔다. 그때까지 전혀 움직임이 없던 사내는 쥐가 입 언저리에 도달하자 입을 쩍 벌렸다.

"턥!"

찌직.

"와득. 와드득!"

사내는 쥐를 산 채로 씹어 먹기 시작했다. 소름끼치는 광경이라 할 수 있었다. 하지만 카이론의 시선은 여전히 사내의 눈동자에서 떨어지지 않았다. 잠시간의 기세 싸움이 이어졌다.

그리고 마침내.

"크르르르, 끄응."

마침내 거대한 존재가 나직하게 앓는 소리를 내며 카이론을 직시하던 시선을 살짝 아래로 떨궜다. 그와 함께 광폭한 존재감을 내뿜던 기세가 수그러들었다. 그리고 가래 끓는 듯한 소리가 띄엄띄엄 흘러나왔다.

"너… 는… 누… 구… 냐?"

오랫동안 말을 하지 않았는지 거북하기 그지없는 거대한 존재의 물음이다. 만약 동물이었다면, 몬스터였다면 분명 꼬

리를 말았을 것이다. 하지만 거대한 존재는 동물도 몬스터도
아니었다.

"카이론!"

"나아… 는… 부울… 카… 투… 스."

"타이탄 족인가?"

카이론의 말에 숙이고 있던 고개를 빠르게 들어 올리며 퉁
방울만 해진 눈으로 카이론을 직시했다. 의외라는 표정이다.
이미 기억 속에 지워진 존재가 타이탄 족이지 않는가.

"어… 떻… 게……?"

하지만 카이론은 답을 하지 않았다. 그의 쇄골과 견갑골,
팔과 허리 다리에 채워진 수갑과 족쇄를 바라볼 뿐이었다.

"견딜 만한가?"

대수롭지 않다는 듯이 묻는 카이론. 그에 진득한 살소를 베
어 무는 불카투스.

"어찌… 피육의 고통이… 종족의 멸망보다 아플까?"

눈에 띄게 완벽해지는 불카투스의 음성. 말없이 고개를 끄
덕이는 카이론. 그러다 문득 허공을 향해 외쳤다.

"있나?"

카이론의 외침에 잠시 의아한 표정을 짓는 불카투스였다.
그러나 이내 눈을 다시 크게 떠야만 했다. 어둠 속이 일렁이
더니 한 명의 사내가 모습을 드러냈기 때문이다.

"무슨……?"

"오랜만이군."

"그렇군."

어둠 속에서 모습을 드러낸 자는 다름 아닌 아시커나크 차전사였다. 그는 카이론에게서 떨어질 수 없었다. 이미 카이론에게서 일정 거리를 벗어나도 자신은 죽지 않는다는 것을 알고 있음에도 불구하고 그는 카이론을 따랐다.

"자를 수 있나?"

카이론이 불카투스의 전신을 꿰뚫고 있는 쇠사슬을 턱짓으로 가리키며 물었다. 그에 아시커나크 차전사는 눈살을 찌푸렸다.

"자를 수는 있다. 하지만 고통이 클 것이다."

"어떤가?"

아시커나크 차전사의 말에 불카투스를 바라보며 묻는 카이론이다.

"피육의… 고통 따위는……."

"그전에……."

"조건이 있는… 것인가?"

"조건? 그럴 수도 있겠군."

"……."

그에 불카투스는 카이론을 빤히 바라보았다. 그러다 불쾌한 듯 입을 열었다.

"너 또한… 인간이로구나. 나를… 이용하려 하는가?"

"그럴 수도."

"크으윽!"

철컹! 푸스스스! 투두두둑!

불카투스의 양팔에 힘이 들어갔다. 굵은 핏줄이 꿈틀거렸다. 그는 분노를 표출했다. 견갑골과 쇄골이 뚫려 그 고통이 말할 수 없을 정도로 큼에도 불구하고도 불카투스는 분노를 감추지 않았다.

"시기가 될 때까지 기다려라."

"…무슨… 말인가?"

카이론의 말이 의외였는지 잠시 침묵하던 불카투스가 물었다.

"너 혼자 종족의 복수를 하겠다는 건가?"

"그… 복수는… 전사의 본분이다."

"복수도 살아야 가능한 법이다."

"복수를… 위해서 너의 부하가 되어야 한단 말인가?"

"내가 그랬나?"

카이론이 되레 질문했다. 그에 무슨 말인지 몰라 잠시 입을 닫은 불카투스였다. 그때 아시커나크 차전사가 입을 열었다.

"나는 어떤가?"

"무슨… 말인가?"

"내가 그의 부하처럼 보이는가?"

"……."

아시커나크 차전사의 물음에 답을 할 수 없는 불카투스였다. 분명 부하는 아니었다. 하지만 그는 앞에 있는 자에게 협조하고 있었다.

"나 또한 부족의 복수를 위해 그에게 의탁하고 있을 뿐, 그의 부하는 아니지."

"그… 런가?"

"그렇다."

"그렇다면 인내할… 수 있지."

그 말이 떨어지자 카이론은 아시커나크 차전사에게 고개를 끄덕였다. 그에 아시커나크는 차전사는 두 자루의 쿠크리를 꺼내 들었다. 그는 쿠크리를 꺼낸 후 잠시 숨을 들이쉬었다. 카이론의 말대로 충분히 자를 수는 있었다.

문제는 쇄골과 견갑골, 허리와 허벅지, 그리고 발목을 관통하는 수갑과 족쇄를 한꺼번에 끊어야 한다는 것이다. 단 한 수에 열 개를 잘라야 했다. 만약 자신이 카이론의 도움으로 비슈다 차크라를 열지 못했다면 불가능했을 것이다.

비슈타 차크라를 연 후 단 한 번도 제대로 차크라를 개방한 적이 없다. 그럴 만한 시간이 없었다. 아시커나크 차전사는 전신의 차크라를 개방했다.

휘우우웅!

그의 몸 주변으로 아지랑이와 같은 기세가 일어났다.

짜르르릉!

그 기세에 반응한 쇠사슬이 흔들리며 쇳소리를 냈다. 감고 있던 눈을 서서히 뜨는 아시커나크 차전사. 그의 두 손에 들린 쿠크리가 서서히 들렸다. 그리고 황백색의 오러 웨이브가 시전되기 시작했다.

오러 웨이브가 갈라졌다. 한 개에서 두 개로, 두 개에서 네 개로, 네 개에서 다시 여덟 개로. 마침내 열 개의 쿠크리가 생성되었고, 극히 짧은 순간 황백색의 빛을 뿌리며 수갑과 족쇄를 향했다.

퍼석!

동시에 열 개의 수갑과 족쇄가 잘려 나갔다. 불카투스가 움찔했다. 오러 웨이브가 지나간 곳에서 검은 피가 진득하게 흘러나왔다. 그리고는 극심한 악취가 코를 마비시킬 것처럼 진동했다.

털썩!

일순간 자신의 전신을 통제하고 있던 사슬이 제거되자 거대한 체구의 불카투스가 허물어지듯 주저앉았다. 하지만 불카투스는 허물어지는 자신의 신체를 무릎을 꿇으며 이겨내고 있었다.

그 모습에 아시커나크 차전사는 두 자루의 쿠크리를 회수하지 않고 여전히 오러 웨이브를 유지한 채 서 있었다. 수갑과 족쇄를 끊었다고 해서 모든 것이 끝난 것이 아닐 수도 있기 때문이다. 그때 아주 서서히 불카투스가 몸을 일으켜 세웠다.

진득한 검은색 액체를 쏟아내던 곳은 어느새 아물어가고 있었다. 불카투스는 몸을 세운 후 자신의 두 손을 내려다보고, 팔을 움직여 보고, 어깨를 돌려 보고, 마지막으로 고개를 돌려보았다.

우득! 우드드득!

뼈 갈리는 소리가 들렸다. 목뿐이 아니었다. 어깨를 툭툭 치고 허리를 기이하게 꺾었다. 그러함에 들려오는 소리였다. 그의 전신이 원래의 골격을 되찾았다. 모든 것이 원래대로 돌아옴에 불카투스는 카이론을 내려다보았다.

카이론 역시 불카투스를 바라보았다. 불카투스는 잠시 카이론을 바라보더니 아시커나크에게로 시선을 돌렸다. 그러다 손을 내밀었다. 잔뜩 자라난 날카로운 손톱과 거뭇하고 지저분한 때가 잔뜩 낀 그의 손이다.

"그거 좀 빌려도 되겠나?"

아시커나크 차전사는 오러 웨이브가 시전되어 있는 쿠크

리를 잠시 내려다보더니 이내 하나를 불카투스에게 건넸다.

"고맙군."

그는 잠시 받아 든 쿠크리를 바라보았다. 그러다 문득 입을 열었다.

"사람들은 우리 종족을 괴물로 봤지. 이해는 한다. 3미터에 다다른 신장과 오거를 찢어 죽일 정도의 괴력, 도검이 통하지 않는 아종족이고 보면 말이지. 인간의 눈으로 보면 오거나 미노타우르스와 같은 몬스터와 다르지 않음을 말이다. 하지만 자신과 다르다고 해서 적대시하는 것은 옳지 않은 태도지."

어쩌면 혼자만의 넋두리일지도 모른다. 하지만 왠지 모르게 가슴에 와 닿는 말이다. 단지 다를 뿐이다. 인간과 같이 생활하고, 인간과 같이 생각하고, 인간과 같이 종족을 번식한다. 모습이 다를 뿐이다.

그런데 인간은 그들을 적대시하고 그들의 종족을 멸절시켰다. 지극히 이기적이고 전투적인 종족이라 할 수 있었다. 어찌 보면 인간은 몬스터보다 더 위험한 종족이라 할 수도 있었다.

"종족이 멸망하고 이곳에 갇힌 지 100년이 지났지. 그동안 이곳에는 수많은 종족이 다녀갔다. 저기 죽어 있는 자들 역시 마찬가지다. 그중 당신과 같은 사람은 단 한 명도 없었다. 그들조차 나를 괴물로 취급했으니."

그렇게 말하며 불카투스는 아시커나크 차전사에게서 받은 쿠크리로 손톱을 다듬었다. 인간에게는 상당한 크기를 자랑하는 그의 쿠크리가 불카투스에게 들리자 마치 구부러진 단검이 들린 것 같았다.

손톱을 다 다듬은 그는 옆에 있는 해골을 들어 뒤집더니 자신의 손에 상처를 내어 피를 담았다.

"넌 날 이곳에서 구원해 줬다. 괴물 취급도 하지 않았으며 오히려 나를 풀어주기까지 했지."

꾸욱!

그는 마치 지혈이라도 하듯이 피를 낸 손바닥을 움켜쥐었다. 그러자 점점 멎는 그의 핏줄기.

"종족이 어디엔가 있을지도 모르나 그들을 찾기는 어렵겠지. 하지만 그래도 갚아야 할 것은 갚아야겠지. 가장 먼저 나는 너에게 은혜를 갚는다."

그러면서 쿠크리를 카이론에게 건네는 불카투스. 카이론은 말없이 쿠크리를 건네받고 그 자신도 손바닥에 상처를 내 해골바가지에 피를 흘려 그 피를 마셨다. 그에 불카투스는 기분 좋게 웃으며 카이론이 건넨 해골바가지에 남은 피를 남김없이 마셨다.

"나 불카투스 바엘가르는 이 생이 끝나는 그때까지, 에……."

"카이론 에라크루네스."

카이론의 말에 고개를 끄덕이며 불카투스가 말을 이었다.

"카이론 에라크루네스의 영혼의 동반자가 될 것임을 타이탄 족의 어머니신 가이아께 고하나이다."

파삭!

그러면서 빈 해골바가지를 부수는 불카투스.

"형제라 불러야 하는가?"

불카투스가 카이론에게 물었다. 카이론은 그저 고개를 끄덕일 뿐이었다.

"좋군."

그러면서 자리에 앉는 불카투스. 그리고 물었다.

"내가… 무엇을 하면 되는가?"

"나는 한 달 후면 이곳을 벗어날 것이다."

"그런가?"

"내가 다시 돌아오는 날 너의 복수가 시작될 것이다."

"그렇군. 기다리지."

그와 함께 그는 눈을 감고 깊은 호흡 속에 빠져들었다. 이제 몸을 회복해야 할 시기였다. 지난 일백 년간 망가진 몸을 단 며칠 만에 회복시킬 수는 없을 것이다.

족히 몇 년은 걸릴 터였다. 지금부터 시작해도 말이다. 그것을 너무나도 잘 알고 있는 불카투스는 형제에게 짐이 되지 않기 위해 바로 몸의 회복에 중점을 두고 있는 것이다. 카이론은 그런 불카투스를 바라보며 쿠크리를 아시커나크에게 건넸다.

"나는 무엇을 하면 되는가?"

"정보 수집."

"어떤?"

"알카트라즈의 모든 것."

"알겠다."

그리고 정적이 흘렀다. 어차피 문이 열리 전까지 아시커나크 차전사 역시 이곳에서 나갈 수 없었다. 한 달이라는 시간 동안 이 셋은 같이 지내야만 했다. 그리고 이곳은 세 명이 지내기에 굉장히 넓었다.

하루 한 번 식사가 전달되었다. 간수들은 고개를 갸웃거렸다. 평소 같았으면 몬스터의 울음소리가 들려야 하건만 그런 울음소리가 들리지 않았다. 하루 이틀이면 몰라도 근 한 달이 다 될 때까지 말이다.

그 이상 현상은 상부로 보고되기는 했지만 그 누구도 독방을 들어가려 하지 않았다. 그렇게 죽어간 간수나 교도관이 한두 명이 아니었으니까. 그리고 한 달이 되는 그 순간 두껍고 육중한 철문이 열렸다.

"64,664번 나와라!"

그에 13호 독방에서 한 명의 사내가 걸어나왔다. 덥수룩한 수염이 얼굴의 절반을 차지한 사내. 거친 수염과 무심한 표정의 카이론이 걸어나오자 간수들과 교도관은 질린 표정을 지어 보였다.

그때 13호 독방의 안에서 나직한 울음소리가 흘러나왔다.

"크르르르!"

"다, 닫아!"

교도관의 말에 간수들은 해쓱해져 빠르게 13호 독방의 두꺼운 철문을 닫았다. 그리고 그들은 깨달았다. 64,664번 죄수가 들어갈 때 소리가 멈췄고, 그 죄수가 나올 때 다시 짐승의 울음소리가 시작되었다는 것을 말이다.

그들은 어처구니없다는 표정을 지었다. 그가 살아나온 것도 모자라 13호 독방을 차지하고 있던 괴물을 길들였다는 것 자체가 말이다.

"크와아앙!"

울부짖음이 시작되었다. 그에 교도관과 간수들은 걸음을 빨리하여 그곳을 벗어났다. 길고 긴 통로를 지나 밖으로 나온 카이론. 그곳에는 아홉 명의 죄수가 있었다. 들어갈 때보다 조금은 야윈 얼굴들.

그들은 카이론을 기다리고 있었다. 엄밀히 말해서는 간수들이 죄수들을 모아 함께 나가는 것이겠지만 어쨌든 그들은 카이론을 기다렸다. 카이론이 가장 늦게 나와 가장 앞에 섰다. 그리고 그들을 지나치며 나직하게 입을 열었다.

"얻은 것이 있는 모양이로군."

"잘못하면 알카트라즈에 정 붙을 정도입니다."

키튼의 말에 피식거리는 아홉 명의 죄수들이다. 그들은 독방이 있는 특별 동에서 나왔다. 7채굴지로 향하는 길이 들어올 때와는 조금 달라져 있었다. 몇몇의 죄수가 보였다. 그들 중에는 9광구 조장도 있고 새롭게 7광구의 조장을 차지한 자도 있었다.

그 무엇보다 지금껏 단 한 번도 본 적 없는 7채굴지의 방장도 있었다. 둘은 갈라져 있었다. 좌측과 우측으로. 방장을 중심으로 한 세력은 우측에 자리 잡고 있고 9광구 조장을 중심으로 한 세력은 좌측에 자리 잡았다.

우측은 적대적인 감정이 고스란히 느껴질 정도로 카이론과 그 일행을 바라보고 있고, 좌측은 적대감이라기보다는 조금은 우호적인 시선이다.

'변했군.'

카이론은 느낄 수 있었다. 7채굴지 전체의 분위기가 변해 있었다. 무엇이 어떻게 변했는지 묻는다면 딱히 답할 말은 없었지만 확실하게 변해 있었다. 그들은 간수들에 의해서 교도관에게 인계되었다.

그리고 그들이 도착한 곳은 10광구였다. 10광구는 이미 작업을 시작할 시간이 지났음에도 불구하고 작업을 하고 있지 않았다. 한 달이라는 시간이 지났으면 당연히 조장이 정해지고 카이론은 다시 도전해야 했지만 10광구는 조장이 나오지 않았다.

그리고 교도관들은 눈을 부라리고 쇠몽둥이를 휘둘러 겁박을 해봤지만 그들은 움직이지 않았다. 교도관들은 인상을 찌푸릴 뿐 별다른 행동을 하지는 않았다. 지난 한 달 동안 10광구는 다른 광구보다 많은 상납금을 바쳤다.

그리고 조장은 아니만 지난 한 달 동안 그들을 이끈 자가 있었으니 바로 9광구의 조장이었다. 10광구의 죄수들은 그녀의 명령에 따랐다. 그리고 오늘은 9광구의 조장이 오지 않았다. 그래서 움직이지 않는 것이라고 교도관은 생각한 것이었다.

카이론이 10광구에 도착하자 죄수들이 일제히 군례를 올렸다. 알카트라즈에 있는 대부분의 죄수가 군인이고 보면 당연하다고 할 수 있는 행동이지만 지금껏 군례를 받은 죄수는 없었다.

10광구의 죄수 88명 전원이 나와 카이론을 군례로 맞이하는 모습은 그야말로 일사불란해 교도관들조차도 쉽게 방해할 수 없을 지경이었다. 그에 교도관들은 서로 눈짓을 주고받더니 자리를 벗어났다.

"전원 작업 개시!"

"작어업! 개시이!"

카이론의 명을 받은 키튼이 외쳤다. 그제야 88명의 10광구 죄수들은 곡괭이를 들고 작업을 하기 시작했다. 그때 스키피오가 카이론의 곁으로 다가와 곡괭이를 주었다. 조장만이 들 수 있는 곡괭이였다.

"고생하셨습니다."

카이론은 말없이 곡괭이를 받아 어깨에 걸쳤다.

그리곤 광구 안으로 들어가려던 걸음을 멈추고 신형을 돌려 세웠다. 그곳에는 9광구 조장이 있었다. 그녀 말고도 몇 명의 인물이 더 보였다.

"무슨 일인가?"

"나에게 했던 말, 아직도 그대로인가?"

폴린 노르딘 9광구 조장의 말에 카이론은 그녀를 잠시 본 후 입을 열었다.

"오늘 저녁 8광구를 찾을 것이다."

"…전하지."

카이론과 노르딘 9광구 조장의 신형이 동시에 돌아섰다.

그 이외의 말은 필요 없었다. 9광구 조장에게 굴복하고 그녀의 명을 따르는 3, 5광구 조장 역시 말없이 돌아섰다. 그 세 광구 조장은 7채굴지에서 가장 약하지만 약함에도 불구하고 인육을 먹지 않았다.

그들이 돌아가고 10광구에서는 다시 돌을 깨는 소리만 들려왔다. 하지만 그를 중심으로 세 광구의 조장이 뭉친 것처럼 그에 반하는 여섯 광구의 조장들 역시 움직임이 심상찮았다.

"놈이 살아나왔다 합니다."

"어떻게 하시겠습니까?"

1광구의 조장 해롤드 쉽맨이 한 사내에게 물었다. 크기 않았다. 오히려 여기 모인 조장들보다 왜소해 보였다. 하지만 그 누구도 그를 만만하게 보는 이는 없었다. 오히려 두려움 가득한 눈으로 그를 바라보았다.

그는 바로 7채굴지의 방장 제프리였다. 덥수룩한 수염과 날카로운 눈빛이 좌중을 압도하고도 남았다. 그의 오른손에는 커다란 뼈가 들려 있었는데 바로 사람의 대퇴부에 해당하는 대퇴골이었다.

"손을 봐야겠지."

"그는 상납도 하지 않고 있으며, 그에게 동조하는 조장들도 있습니다. 이렇게 가다가는 7채굴지의 위계가 무너질 것입니다."

째진 눈에 역삼각형의 외모가 마치 쥐를 보는 것 같은 느낌을 주는 사내가 입을 열었다. 그는 말하는 도중에도 쉴 새 없이 눈알을 굴렸다. 그런 그의 모습은 비열해 보이기까지 했다. 하지만 여기 모인 이들은 그런 것에 별로 신경 쓰지 않는 듯 보였다.

"얼마나 밀렸지?"

"하루 50g이니 황금 1.5㎏입니다."

"꽤 많군. 얼마나 손해가 난 거지?"

"최근 들어 돼지 같은 교위 놈이 하루 100g으로 상납금을 올렸습니다. 적어도 3㎏ 손해입니다."

"언제가 좋을까……."

말을 늘이는 제프리.

"빠르면 빠를수록 좋습니다."

"귀찮은데 한 번에 다 하지."

"그래도… 되겠습니까?"

"안 될 것은 없지. 그동안 내가 너무 오래 쉬었다는 생각이 들어서 말이야."

제프리가 날카로운 송곳니를 드러내며 웃었다. 그에 모인 이들이 고개를 숙였다. 그런 그들을 보며 제프리는 자신의 앞에 있는 고기를 집어 들고 살점을 뜯었다.

딱!

순간 돌을 씹는 소리가 들렸다. 입을 우물거리더니 입안에서 무언가를 뱉어낸 제프리. 그는 손바닥을 뒤적이더니 작은 보석이 박힌 무언가를 꺼내 들었다.

"어린놈이었나?"

"아무래도……."

"괜찮군. 부수입도 있고."

그러더니 마저 씹어 삼키는 제프리. 그러다 다시 입을 열었다.

"내일 중으로 불러."

"어디로……."

"늘 하던 곳으로. 교위도 부르고. 돈을 걸라고 해."

"알겠습니다."

쥐상의 조장이 사라졌다.

"들어."

제프리의 말이 떨어지자 그제야 음식을 먹기 시작하는 조장들이다. 그 순간 그들의 눈에서 새파란 인광이 번뜩이기 시작했다. 그들은 지금 이 순간 자신들의 배를 채우는 것이 아니라 지독한 살심을 채우고 있었다.

제5장

데스 매치

Warrior

8광구 조장 조엘.

219회의 평민 살해 및 18회의 귀족 영애 납치, 강간, 살해한 블랙 쉐이커. 그가 7호 채굴지의 후미지고 호리병처럼 생겨 밖에서는 안에서 일어나는 일을 알 수 없는 버려진 폐광, 일명 '데스 필드'에 들어서고 있었다.

이곳이 데스 필드로 불리는 이유는 언제나 피 냄새와 함께 죽음이 가시지 않았기 때문이다. 항상 피와 살점이 난무하였기에 죄수들 사이에서는 이곳을 데스 필드라 불렀다. 후미지고 외진 곳이라고는 하나 한꺼번에 수백 명을 수용할 수 있을 정도로 큰 장소였다.

"애송이 놈."

그의 눈에 보이는 검은 형체. 바로 10광구 조장인 카이론이었다. 그리고 그를 따르는 열 명의 보조가 있었다.

조엘의 눈은 날카롭고 전신 근육은 돌처럼 단단해 그 무엇이라도 부숴 버릴 것 같은 기세를 내뿜고 있었다. 하지만 그만 이곳에 온 것은 아니었다. 7광구 조장이 함께 왔다. 이상하게 카이론과 계속 엮이는 7광구였다.

그럴 수밖에 없는 것이 가장 많은 황금과 미스릴이 나는 곳이 바로 7광구였다. 또한 방장이 조장을 직접 임명하는 곳 역시 7광구였다. 그래서 7광구는 끊임없이 카이론을 도발하는 것이다.

"이번엔 둘인가?"

"왜? 자신 없나?"

"아니. 둘이나 셋이나 다르지 않다."

"건방진 새끼."

그러면서 가래침을 바닥에 뱉어내는 8광구 조장이다. 그것이 신호였는지 7, 8광구 조장의 뒤에 있던 20명의 보조가 앞으로 나섰다. 그들의 손에는 곡괭이 대신 무기가 쥐어져 있었다.

단검부터 시작해 대검, 쇠사슬, 플레일 등 들고 있는 무기도 다양했다. 30㎝ 내외인 단검이면 모를까, 장병기인 대검과 플레일까지 들고 나섰다는 것은 교도관의 허락까지 받았다는 것이다.

상납금을 받기 위해 이 자리에 나선 것이 아니라 작정하고 죽이기 위한 것이다. 20명의 보조가 카이론과 그 일행을 둘러 쌌다. 그들의 기세는 흉흉하기 그지없었다. 이들 역시 군인, 혹은 기사들이었기에 그 기세는 사뭇 남달랐다.

"그거 아나?"

"……."

카이론은 말없이 물어보는 8광구 조장을 바라보았다.

"내일 방장이 이곳에서 데스 매치를 가진다는군."

"……?"

데스 매치. 처음 들어보는 말이다. 그때 카이론의 곁에 있던 스키피오가 귀엣말로 데스 매치에 대해 알려주었다.

'각 채굴지의 방장과 교사, 혹은 교위까지 참여하는 결투장입니다. 돈을 걸지요. 그 중심에는 역시 7채굴지의 방장이 있습니다.'

스키피오의 말에 살짝 고개를 끄덕이는 카이론이다.

"고맙다고 해야 하나?"

"클. 고마울 것까지야."

8광구 조장은 지금의 상황을 즐기고 있었다. 서서히 죽어

가는 모습을 보며 그 죽음을 음미하듯이 말이다. 이전 카이론
에게 죽은 조장들과는 다르게 8광구 조장과 신임 7광구 조장
은 차분하기 그지없었다.

마치 무슨 의식을 치르는 듯 신중하기 그지없었다. 카이론
의 시선이 8광구 조장에서 7광구 조장에게로 향했다. 새로이
7광구의 조장이 된 자. 그는 전형적인 기사로 보였다. 카이론
이 그를 향해 걸음을 옮겼다.

그에 그들을 둘러싼 20명의 인원 모두가 함께 움직였다.
어느 정도의 거리에 도착한 카이론이 그에게 물었다.

"왜 방장 밑에 있는 거지?"

"살아야 하니까."

그 한마디가 모든 것을 증명해 줬다. 살아남는 것보다 더
확실한 의미가 대체 어디 있다는 말인가?

"내가 방장이 되면 나에게 충성할 것인가?"

"살아남을 수 있다면."

"그런가?"

그러면서 자신과 일행을 둘러싼 보조들을 둘러보았다. 그
저 보기만 해도 충분히 구분할 수 있었다. 7광구와 8광구의
보조들을 말이다. 알카트라즈는 사람을 변하게 한다. 아주 지
독하고 완벽하게 변신시킨다.

그 와중에도 중심을 잡고 있는 이들이 있다. 바로 7광구 조

장과 같은 사람이다. 어떻게 보면 비겁하다 할 수 있고 또 어떻게 보면 생존을 위한 갈망이 강하다 할 수 있었다. 하지만 그 누구도 그를 비난할 수는 없었다.

"같이 공격할 텐가?"

카이론의 질문에 7광구 조장은 잠시 눈가를 잘게 떨었다. 마음에 들지 않은 것이다. 그에 그가 손을 들어 살짝 흔들자 7광구 보조들이 뒤로 물러났다.

"무슨 짓인가?"

8광구 조장이 으르렁거렸다. 하지만 그 으르렁거림은 7광구 조장에게는 통하지 않았다. 7광구 조장이 무심한 눈동자로 8광구 조장을 바라봤다.

"난 방장에게 고개를 숙인 것이지 너에게 고개를 숙인 것은 아니다."

"웃긴 새끼로군. 나에 대한 도전이라고 받아들여도 되는가?"

"도전? 도전은 힘이 약한 놈이 강한 놈에게 하는 것이다. 네놈이 나보다 강하다고는 할 수 없을 텐데?"

"으음."

7광구 조장의 말에 신음성을 흘리는 8광구 조장이다. 사실 실력으로 따진다면 현재 7광구 조장은 방장에 버금간다. 그는 과거 백작 가문의 기사단장이던 자. 피치 못할 사정으로 인해 알카트라즈에 들어왔지만 그렇다고 그 실력이 사라진 것은 아니었다.

비록 마나를 다루지는 못하지만 가진 바 실력은 결코 무시할 수 없었다. 그는 성정 자체가 이곳 알카트라즈에 맞지 않았다. 그는 천생 기사였다. 때문에 기존의 7광구 조장들은 그를 껄끄러워했다.

방장 역시 마찬가지. 그가 조금 더 잔인하고 성정이 조금 더 더러웠더라면 현재의 방장은 바뀌었을지도 모른다. 그런 현 7광구 조장이기에 블랙 쉐이커라 불리는 8광구 조장조차도 그를 함부로 할 수 없었다.

"책임을 져야 할 것이다."

"좋을 대로."

무심하게 말하며 검을 들고 뒤로 물러나는 7광구 조장. 그러자 10광구의 보조들을 둘러싸고 있던 7광구의 보조들이 썰물 빠지듯 물러나 7광구 조장 뒤에 도열했다. 마치 잘 정련된 병사들을 보는 것 같았다.

카이론의 시선이 8광구 조장을 향했다. 그에 8광구 조장의 얼굴이 살짝 떨렸다. 카이론의 무심한 눈동자에서 항거할 수 없는 무거움을 느낀 탓이다.

8광구 조장은 무지막지한 카이론의 행태를 본 적 있었다.

수없이 날아드는 몽둥이에도 불구하고 끝끝내 자신을 배

신한 7광구 조장의 머리를 터트렸다. 그때를 생각하면 오금이 저리지만, 그때 당시의 교도 대원들은 유리가 박혔다지만 몽둥이를 들고 있었다.

'아니다… 분명 우리가 유리하다. 칼이 박히지 않는 사람은 없으니까.'

8광구의 조장은 스스로 그렇게 위안했다. 분명 이길 수 있다고 말이다.

하지만 왠지 모르게 자신들이 불리할 것 같다는 느낌이 들었다. 그들은 수갑과 족쇄를 하고 있고 무기는커녕 적수공권임에도 불구하고 말이다.

"안 오나?"

"죽여!"

"조져!"

카이론의 도발에 얼굴을 일그러뜨린 8광구의 조장이 외쳤다. 그에 그를 따르는 열 명의 보조가 날카로운 무기를 들고 거침없이 쇄도해 들었다. 그들은 잔인하고 피를 갈구한다. 인간의 피와 살을 먹은 탓일 게다.

거칠게 함성을 지르는 그들의 입에는 어느새 진득한 침이 고여 입 밖으로 흘러나오고 있었다.

지금 이 순간 이들은 인간이 아니라 한 마리의 몬스터에 불과했다. 카이론은 가장 앞에서 달려드는 보조의 칼을 수갑으로 튕겨냈다.

카앙!

불똥이 튀었다. 쇄도해 들어가던 힘을 이겨내지 못해 팔이 크게 튀는 순간 카이론의 신형은 어느새 보조의 앞에 다가서고 있었고, 보조의 눈은 더 이상 커질 수 없을 정도로 커져 있었다.

좌르르륵!

카이론의 수갑에 딸린 쇠사슬이 부딪쳤다.

"커헉!"

빠직!

쇠사슬로 보조의 목을 휘어감은 카이론이 그대로 잡아당기자 보조는 제대로 반항조차 못하고 축 처졌다. 카이론은 마치 쓰레기 버리듯 죽은 보조를 집어 던졌다. 그리고 앞으로 걸음을 옮겼다.

그의 걸음을 가로막는 이는 없었다. 이미 그를 따르는 이들에 의해 그 짧은 순간에 모두 죽임을 당한 상태였다. 8광구 조장은 이 믿을 수 없는 상황에 당황하고 있었다. 10명의 보조가 죽는 데는 몇 분도 걸리지 않았다. 8광구에서 가장 강하고 잔인하다는 열 명이 제대로 힘도 쓰지 못하고 죽은 것이다.

"우와아악!"

8광구 조장이 지금의 상황이 믿기지 않는 다는 듯, 혹은 자신이 잠시 멈칫거렸다는 불쾌감을 씻어버리기라도 하듯이 커다란 함성을 지르며 카이론을 향해 쇄도했다.

  그는 카이론과의 몇 미터 거리에서 뛰어올라 위에서 아래로 배틀 엑스를 내려찍었다.

  카이론은 움직이지 않았다. 8광구 조장의 입가로 진득한 살소가 흘러내렸다. 승리를 확신하는 웃음이다. 그의 배틀 엑스가 카이론의 정수를 쪼개려는 그 순간, 카이론의 신형이 마치 실에 끌린 인형처럼 뒤로 움직였다.

  "헙!"

  타격 지점이 비었다. 8광구 조장은 순간 숨을 들이켰다.

  촤르르륵!

  다시 쇠사슬 부딪치는 소리가 들려왔다. 8광구 조장이 정신을 차렸을 때 그의 신형은 어느새 허공을 날고 있었다. 자신의 의지에 의해서가 아니라 타인의 거부할 수 없는 강력함에 의해서 말이다.

  쿠우웅!

  "컥!"

  등에서부터 전신으로 전해지는 강렬한 통증에 8광구 조장은 입 밖으로 피를 토해냈다. 하지만 이대로 누워 있을 수는 없는 법. 8광구 조장은 배틀 엑스를 거머쥐고 떨어진 순간보다 더 빠르게 일어서고 있었다.

퍼억!

"꺼억!"

하지만 그는 다시 허리를 직각으로 접어야만 했다.

공격조차 해보지 못했다. 자세를 갖추기도 전에 복부에서 느껴지는 극렬한 통증에 또다시 피를 토하고 눈을 퉁방울처럼 크게 떠야만 했다. 하지만 아직 카이론의 공격은 끝나지 않았다.

다시 허공에 떠오르고 있는 8광구 조장이다. 복부를 가격한 그대로 8광구 조장을 들어 위에서 아래로 직격하는 카이론.

콰아아앙! 쩌적!

8광구 조장에 있는 곳을 중심으로 원형으로 갈라지는 바닥. 마치 거미줄처럼 금이 가고 있었다. 이곳의 바닥은 기본적으로 흙이 아니라 돌이었다. 이 데스 필드 역시 광구였으니까 말이다.

그런데 그 단단한 광구의 바닥이 거미줄처럼 쩍쩍 갈라졌다. 8광구의 조장은 비명조차 지르지 못했다. 그저 눈을 부릅뜨고 입을 떡 벌린 채 죽음을 맞이했다. 카이론은 꿇고 있던 무릎을 폈다.

그리고 돌아섰다.

"결정은 했나?"

지극히 나직하고 담담한 음성. 7광구의 조장은 한차례 몸을 떨었다.

"이유를 모르겠군."

그럼에도 호흡을 가다듬고 빠르게 안정을 찾은 7광구의 조장이 입을 열어 반문했다.

"어차피 죄수. 대체 무엇을 할 수 있다는 말인가? 나의 가족은 다 죽었다. 내가 섬기던 로드 역시 죽었다. 지옥성이라 불리는 이곳 알카트라즈에서 대체, 대체 무엇을 할 수 있다는 말인가?"

"왜 할 수 없나?"

"뭐?"

너무 간단하게 답하는 카이론의 말에 오히려 7광구의 조장은 멍한 표정으로 카이론을 바라보았다. 이곳은 지옥의 성이라는 알카트라즈이다. 그런데 '왜 할 수 없나' 라니? 이게 도대체 무슨 말인가?

"……."

7광구 조장은 말없이 카이론을 노려보았다. 믿을 수 없다는 듯이, 혹은 그 진의가 무엇인지 알아내려는 듯 말이다. 하지만 무심한 카이론의 눈에는 아무것도 드러나 있지 않았다.

"내일, 내일이면 알 수 있겠지."

그렇게 나직하게 말하며 신형을 휙 돌려 데스 필드를 벗어나는 7광구 조장이다. 그때 카이론의 곁으로 스키피오가 다가왔다.

"그는 라이오넬 크라운 백작 가문의 기사단장이었습니다."

"그런데?"

"힐튼 메르디앙 후작 가문과 영지전이 있기 전 그의 가문은 의문의 화제에 의해 모두 죽었으며, 그 가족의 살해범으로 그가 지목되었습니다. 그 전날 그는 인사불성이 되도록 술을 마셨는데, 그가 살해범으로 지목된 연유는 그의 아내가 바로 메르디앙 후작 가문의 네 번째 여식이었기 때문입니다."

"그랬군."

참으로 간단한 대답이다.

"그래서?"

"그는 알카트라즈에 들어온 지 11년이 되었습니다. 11년 동안 다섯 차례 탈옥을 시도했으나 모두 실패했고, 난동으로 일곱 차례 독방에 갇혔습니다. 이제 그에게 남은 것은 좌절뿐일 겁니다."

"그렇군. 철수한다."

그 말을 남기고 데스 필드를 나서는 카이론이다. 그런 무덤

덤한 모습을 보이는 카이론을 멍하니 바라보던 스키피오는 고개를 절레절레 저었다. 도저히 그의 심중을 알 수 없었기 때문이다.

"고민하지 마시실. 겉은 차가우나 속은 화산보다 더 뜨거운 분입니다."

그에 그의 곁을 지나가며 라마나가 한마디 했다.

"한 번만 더 뜨거웠다가는 여길 다 녹이겠네."

그때 무슨 간지러운 소리냐는 듯 퉁명스럽게 말하며 둘의 곁을 스쳐 지나가는 키튼이었다. 그에 둘은 피식 웃을 수밖에 없었다. 그들은 언제나 여유를 잃지 않았다. 그들의 강함은 언제 어떤 상황에서든 잃지 않는 여유 때문인지도 몰랐다.

*   *   *

다음 날 저녁.

카이론은 경비 교도대에 의해 데스 필드로 끌려가야만 했다. 물론 그만이 아니었다. 10광구에 있는 죄수 전원이었다. 그리고 그들이 도착했을 때 이미 데스 필드는 중앙을 제외하고 7채굴지의 모든 죄수가 모여 있는 상황이었다.

그 중앙에는 철창이 있었다. 직경 21.5m, 2m의 높이를 가진 8각의 철창이었다. 또한 8각의 철창이 가장 잘 보이는 지점에는 교사와 교위, 교감과 교정관까지 자리하고 있었다. 그들의 옆에는 여자가 있고 앞에는 산해진미가 가득했다.

죄수들과는 별도로 구별된 지역. 경비 교도 대대가 철통같이 방어하고 있었기에 빤히 보임에도 불구하고 죄수들은 어떤 행동도 취하지 않았다. 다만 무척이나 흥분한 듯 철창 안을 바라보고 있을 뿐이었다.

그때 8각의 철창이 열리며 한 명의 대머리 사내가 철창 안으로 들어섰다. 역시 죄수복을 입었다. 그는 고개를 쳐들고 8각의 철창 중앙에 서서 크게 외쳤다.

"만장하신 신사 숙녀 여러분! 오래 기다리셨습니다! 이곳은 알카트라즈 최고의 죄수를 뽑는 데스 매치 경기장입니다! 올해는 별다른 도전자가 없어 무산되나 싶었으나 7채굴지의 방장이신 제프리 님께서 특별히 지명하여 데스 매치 경기가 열리게 되었습니다!"

순간 카이론은 지금 상황이 어떻게 돌아가는지 단박에 알 수 있었다.

지금 이와 같은 데스 매치 경기가 개최되는 그 이면에는 바로 7채굴지의 방장인 제프리와 저기 여자를 양팔에 끼고 술과 음식을 먹고 있는 돼지 같은 교도관들이 있는 것이다.

카이론의 생각은 정확히 맞아들었다. 제프리는 지금 카이론이 상당히 거슬렸다. 알카트라즈 감옥의 7채굴지에 들어온

지 불과 한 달이 조금 넘은 시점에서 위협을 느낀 것이다.

7채굴지에는 열 명의 조장이 있다. 그중에 그에게 당한 조장이 무려 넷이다.

7채굴지는 온전하게 자신의 세력이었다. 물론 그중 자신에게 반발하는 한둘의 조장이 있기는 했지만 그들조차도 자신의 명령에 정면으로 반발하지 못했다.

왜냐하면 자신은 이 7채굴지에서 가장 강한 사람이고 자신의 뒤에는 교도관들이 있기 때문이다.

그런데 미꾸라지 한 명 때문에 자신의 자리가 위협당하고 있었다. 10광구 조장이 죽었고, 7광구 조장은 벌써 두 명이나 그의 손에 죽었다. 그리고 8광구 조장 역시 죽었다. 총 네 명의 조장이 죽은 것이다.

그 때문에 평소 자신의 행사를 사사건건 방해하던 9광구 조장이 그놈을 지지하려 하고, 자신이 새로 임명한 7광구의 조장마저 그놈에게 호의적인 태도를 보이고 있다. 그리고 결정적으로 그놈이 독방에 들어가기 전에 보인 교관들에 대한 적대적인 행동은 7채굴지의 모든 죄수들에게 너무나도 강렬한 인상을 남겼다.

그러다 보니 제프리는 불안했다. 10명의 조장 중 카이론에게 호의를 보이는 조장은 고작 두 명뿐이지만 한 명이 두 명이 되고 두 명이 전체가 되는 수가 있었다. 그전에 모든 것을 원래의 상태로 되돌려 놔야 했다.

그 방법이 데스 매치였다. 알카트라즈의 소장조차도 눈을 감아주고 있다. 알면서도 데스 매치를 허용한다. 그 이유는 바로 돈벌이에 있었다. 데스 매치는 죄수들만의 것이 아니었다.

알카트라즈의 소장은 이 데스 매치를 통하여 자신의 정치적인 역량을 강화시키고 있었다. 비록 알카트라즈의 소장이 남작이라는 작위를 가지고 있지만 그 누구도 알카트라즈의 소장을 무시하는 자는 없었다.

매년 성대하고 은밀하게 열리는 알카트라즈만의 행사. 그것이 바로 데스 매치였다. 하지만 오늘의 데스 매치는 알카트라즈만의 행사가 아닌 7채굴지만의 행사였다. 권력을 강화를 위한 제프리만의 행사였다.

그러는 동안 길고 긴 소개가 끝나고 철창 안의 죄수가 외쳤다.

"선수 입장!"

툭!

그 말이 떨어짐과 동시에 누군가가 카이론의 등을 밀었다. 모두가 아닌 카이론만이 철창 안으로 들어가는 것이다. 지면에서 약 1.5m가량 위에 설치된 철창에 오르기 위해 카이론은 계단을 올라가야 했다.

따끔!

철창에 오르기 위해 마련된 계단을 밟자 카이론의 발바닥에 전해지는 따끔한 느낌. 잠깐 그의 신형이 멈췄다. 하지만 그를 인도하는 간수는 결코 그것을 허용하지 않았다.

계단 바닥에 무언가 뿌려놓은 것이다. 계단 한 개의 높이가 상당히 높아 계단을 오름에 있어서 다리에 전해지는 압력 역시 컸다. 잠시 움찔하던 카이론의 신형이 다시 움직였다.

와지직!

그리고 그의 발밑에서 무언가 부서지는 듯한 소리가 들렸다. 카이론을 몰아세우던 간수 역시 그 소리를 들었다. 간수는 반사적으로 카이론이 밟은 계단을 보고 떨떠름하고 기가 막힌다는 표정을 지어 보였다.

자신들이 깔아놓은 작고 날카로운 송곳과도 같은 것이 모두 우그러져 있다. 절대 있을 수 없는 일이 일어난 것이다.

하지만 간수가 떨떠름한 표정을 지어 보인 것은 다른 이유에서였다.

'이 새끼들, 이런 것 하나 제대로 처리하지 못하고. 하여간 죄수들이란.'

그는 송곳이 불량이라 생각했다. 죄수들이 일을 제대로 하지 못했다고 생각했기에 놀람보다는 떨떠름하고 기가 막힌 표정을 지어 보인 것이다.

끼이익! 철컹!

그때 카이론이 철창 문을 열고 들어가자 간수는 가볍게 철창 문을 닫고 굵은 쇠사슬로 봉인했다. 그리고 내려오면서 슬쩍 짧게 돋아난 송곳과도 같은 것을 밟아보았다.

따끔!

급하게 다리를 들어 올리고 바닥을 바라보았다. 송곳은 멀쩡했다. 자신의 신발이 뚫렸다. 그때야 간수는 상황이 뭔가 잘못 돌아가고 있다는 것을 느꼈다. 그는 계단을 내려오며 불안한 듯 철창 안을 바라보았다.

철창 안에서는 또 다른 간수가 카이론의 손목과 발목에 채워져 있는 수갑과 족쇄를 풀고 있었다.

철컹! 철컹!

수갑과 족쇄가 풀렸다. 카이론은 말없이 손목과 발목을 살짝 돌려보았다. 괜찮았다. 그때 그의 맞은편에 있던 철창 문이 열리며 한 명의 죄수가 들어왔다. 그 죄수는 무기와 방패를 들고 있었다.

무기는 짧은 글라디우스였고, 방패는 라운드 실드의 표면에 날카로운 돌 부스러기를 잔뜩 발라놓은 상태였다. 반면에 카이론은 아무것도 없었다. 단지 수갑과 족쇄가 풀린 것뿐이다.

카이론의 시선이 철창 밖을 훑었다. 그러다 누군가와 시선이 마주쳤다. 간수들이 있는 곳. 그곳에 한 명의 죄수가 있었다. 중간 정도의 키, 짧은 머리, 날카로운 눈매, 그리고 다부진 몸을 지닌 자.

둘의 시선이 부딪쳤다. 카이론은 직감적으로 지금 자신과 시선을 부딪친 자가 7채굴지의 방장이라는 것을 알 수 있었다. 카이론의 입매가 씰룩거렸다. 그것은 웃음이었다. 그리고 카이론의 그런 웃음을 본 제프리는 얼굴을 딱딱하게 굳혔다.

카이론의 웃음이 마치 자신을 비웃는 것 같았기 때문이다. 하지만 이내 딱딱함을 풀고 들고 있던 술잔을 들어 올렸다. 마치 건투를 빈다는 듯 말이다. 카이론은 그에게서 시선을 거두었다. 어차피 싸우다 보면 최종적으로 그와 겨루게 될 것이다.

카이론은 자신의 앞에서 방패를 앞세우고 싸움을 준비하고 있는 자를 바라보았다. 카이론과 시선이 부딪친 죄수는 누런 이를 드러내며 웃었다. 그리고는 들고 있던 글라디우스를 혀로 가져가 글라디우스의 날을 핥았다.

날카로운 검날에 의해 그의 혀는 금세 붉게 물들었고, 죄수는 자신의 혀에 돋은 피를 빨았다. 누군가 보면 진저리를 칠 행동이었으나 카이론의 얼굴은 무심하기 그지없었다.

"크큭! 그 정도는 돼야지."

죄수는 카이론의 태도가 마음에 든 듯했다. 오래 즐길 수 있어서 오히려 고맙다는 표정이다. 카이론이 팔을 들어 올렸다. 그리고 손가락을 폈다.

까딱까딱.

피를 흘리며 진득하게 웃던 죄수의 얼굴이 싸늘하게 변했다.

"죽엇!"

결국 참지 못하고 카이론을 향해 쇄도하는 죄수. 카이론의 목을 향해 글라디우스를 휘둘렀으나 카이론은 그저 슬쩍 뒤로 몸을 빼는 것으로 글라디우스를 피해냈다. 죄수는 놀라지도, 기다리지도 않았다.

즉시 몸을 돌려세우며 라운드 실드로 카이론의 복부를 훑고 지나갔다. 하지만 그 역시 소용없었다. 어느새 카이론은 죄수의 간격에서 멀어져 있었다.

츄우웃!

그때 죄수의 검에서 빛이 났다. 그것은 분명 오러 스트림이었다. 카이론의 시선이 차분하게 가라앉았다.

"크흐흐! 죽엇!"

슈화아악!

위에서 아래로 붉은색의 궤적이 그려졌다. 하지만 상대가 오러 스트림을 시전하고 있다고 해서 위축될 카이론이 아니었다. 애초에 이 정도는 각오하고 있었다. 철창으로 오르는 계단에서부터 말이다.

몸을 옆으로 돌려 세우며 슬쩍 피해낸 카이론. 그의 손이 움직였다.

빠악!

그리고 죄수의 목을 그대로 내려쳤다.

"컥!"

죄수가 외마디 소리를 지르며 앞으로 고꾸라졌다. 그런 죄수의 등 뒤에 올라탄 카이론은 죄수의 목을 움켜잡더니 그대로 비틀어 버렸다.

우드드득!

목이 기괴하게 꺾이며 혀를 빼물고 죽어버린 죄수였다. 갑자기 철창 밖이 조용해졌다. 거친 함성과 욕설이 난무하고 미친 듯 열광하던 죄수들이 한순간 벙어리가 된 듯했다.

하지만,

"우와아아!"

"최고다!"

곧 환호성을 지르기 시작했다.

카이론은 죽은 죄수가 들고 있던 글라디우스와 라운드 실드를 집어 들었다. 그리고 철창의 중앙에 섰다. 제프리의 손이 들리며 두 명의 죄수가 철창 안으로 투입되었다. 쇠사슬이 달린 철퇴를 든 자와 날카로운 이빨이 돋아난 변형된 플랑베르쥬를 들고 있는 자가 철창 안으로 들어왔다.

그들은 얼굴에 가면을 착용하고 있었다. 쇠사슬이 달린 철퇴를 연신 빙빙 돌리는 자와 변형된 플랑베르쥬를 들고 카이론을 에워싼 두 죄수. 다시 데스 필드는 소란스럽고 기이한 열기에 휩싸이기 시작했다.

"KILL! KILL!"

"죽여! 죽여!"

"우-우-우~"

죄수들이 소리를 질렀다. 덩달아 따로 자리를 잡고 있던 간수들 역시 흥미로운 시선으로 철창 안을 지켜보았다. 술과 여자, 그리고 먹는 것은 이미 그들의 안중에 없었다. 그들의 시선을 잡아끄는 존재가 있었으니 말이다.

그중 제프리의 안색은 그다지 좋지 못했다. 그는 날카로운 눈초리로 철창 안에 있는 카이론을 지켜보고 있었다. 마치 무언가를 찾아내려는 듯 주변을 전혀 의식하지 않고 뚫어지게 카이론을 지켜보고 있다.

그 와중에 카이론은 이미 전투에 들어가고 있었다. 선공은 쇠사슬이 달린 철퇴를 들고 있는 죄수였다. 이미 그들은 앞전의 상황을 보았기에 전혀 거리낌 없이 자신들이 가진 무기에 오러 스트림을 시전하고 있었다.

"우우~"

죄수들이 부당한 대전에 카이론과 대적하고 있는 두 죄수를 향해 야유를 보냈다. 하지만 그런 것쯤은 아무렇지도 않다는 듯한 표정이다. 어차피 죄수들이 할 수 있는 일이라고는 아무것도 없었으니 말이다.

후우웅!

철퇴가 무거운 소음을 토해내며 카이론의 머리 위로 떨어져 내렸다. 카이론은 간단하게 방패를 들어 철퇴를 막아갔다.

콰직!

철퇴를 든 사내는 마치 비웃듯이 카이론을 향해 누런 이를 드러내 보였다. 그 정도쯤은 이미 짐작하고 있었다는 듯이 말이다.

쉬이익!

아래에서 위로 날카로운 소리가 들려왔다. 카이론은 방패를 가볍게 떨궜다. 하지만 철퇴는 떨어지지 않았다. 카이론의 시선이 철퇴를 든 죄수를 바라보았다. 철퇴를 든 죄수는 웃음을 띠고 있었다.

그사이 그의 왼손에 들려 있던 비수가 빠르게 카이론의 옆구리를 향했다. 그와 함께 날카로운 기형의 플랑베르쥬를 들고 있던 죄수 역시 카이론의 목을 향해 검을 휘둘렀다. 절체절명의 순간.

카이론은 방패를 놓아버렸다. 그리고 허리를 숙임과 동시에 몸을 회전시키며 철퇴를 들고 있는 죄수의 옆으로 스텝을 밟아갔다. 순간 죄수의 눈이 크게 떠졌다. 설마 방패를 놓아버릴 거라곤 상상도 하지 못한 듯했다.

콰직!

"컥!"

카이론의 팔꿈치가 철퇴를 든 죄수의 등을 가격했다. 죄수가 단발마를 토해내며 몸이 앞으로 쏠렸다.

"어헉!"

카이론의 목을 노리던 죄수가 다급한 소리를 내며 급격하게 검을 틀었다.

사각! 우수수!

철퇴를 든 죄수의 머리카락이 잘려 나가며 철창 바닥에 떨어져 내렸다. 그때 카이론의 두꺼운 팔이 철퇴를 든 죄수의 목을 휘어 감았다.

"어억!"

우득!

고개가 그대로 뒤로 꺾이는 철퇴를 든 죄수. 그 순간 카이론은 신형을 돌려세우고 철퇴를 든 죄수의 턱을 두 손으로 잡아 그대로 집어 던졌다. 실로 순식간에 일어난 일이었다. 그러나 카이론의 공격은 거기에서 끝나지 않았다.

쿠아앙!

철창 전체가 흔들리도록 커다란 소리가 울려 퍼지며 입에서 검붉은 핏물을 화산처럼 뿜어내는 죄수였다. 카이론은 그 위로 그대로 올라타 목과 가슴, 그리고 복부를 강타했다.

빠각! 뻐억! 퍼걱!

그 동작 이후로 바로 몸을 앞으로 굴리며 자신을 향해 떨어져 내리는 플랑베르쥬를 피해냈다.

서걱!

핏물이 튀었다. 이미 죽어버린 죄수의 복부를 훑고 지나간 플랑베르쥬는 어김없이 죽은 죄수의 복부를 자르고 내장을 긁어내고 있었다.

"우와악! 죽어!"

거품을 물고 카이론을 향해 플랑베르쥬를 휘두르는 죄수였다. 그의 플랑베르쥬에는 하얀색이 김이 올라오고 있었다. 붉은색의 오러 스트림에 의해 끌려 나온 내장이 녹아내리며 나타난 현상이었다.

카이론은 돌아서 자세를 잡자마자 다시 화살처럼 튕겨져 나갔다.

터억!

카이론이 플랑베르쥬를 든 죄수의 허리를 감싸며 숄더 차징을 시도했다.

"크흐윽!"

플랑베르쥬를 든 죄수는 답답한 신음성을 토해내며 플랑베르쥬의 폼멜로 카이론의 등을 내리찍었다. 하지만 카이론은 신음성조차 내뱉지 않고 그대로 밀고 들어갔다.

"으아아악!"

퍽! 퍽! 퍼버벅!

칼의 폼멜이 카이론의 등에 수도 없이 작렬했지만 카이론은 꿈쩍도 하지 않고 철창 벽에 그대로 죄수를 밀어붙이며 죄수를 들어 올렸다. 그리고 그의 입에서 이제까지와는 다른 커다란 함성이 터져 나왔다.

"우와아악!"

콰아앙!

"커억!"

카이론이 그대로 죄수를 철창의 바닥에 집어 던지자 둔중한 충격에 검붉은 핏물을 한 움큼 토해내는 죄수였다. 카이론은 용서가 없었다.

콰직!

카이론의 무릎이 죄수의 안면에 직격했다. 그리고 뼈가 부서지는 소리가 들리며 안면이 함몰되어 그대로 절명했다. 정작 글라디우스를 들고 있음에도 단 한 번도 글라디우스를 사용하지 않은 카이론이었다.

카이론은 말없이 일어서서 신형을 돌려 글라디우스로 제프리를 가리켰다. 그러다 글라디우스를 마치 단검 던지듯 철창을 향해 던졌다.

챠르르릉!

카이론이 던진 글라디우스의 날은 철창을 통과했다. 하지만 가드는 통과하지 못했다. 대신 힘을 감당하지 못하고 부르르 떨었다. 그 순간 제프리의 얼굴이 싸늘하게 식었다.

자신을 향해 도발하고 있다. 7채굴지의 제왕인 자신을 말이다. 하지만 아직 놈의 힘은 덜 빠졌다. 너무나 빨리 세 놈이 당해 버려 약점을 찾는 것도 무리였다. 그리고 계단에 설치한 송곳은 아예 효과도 보지 못하고 있었다.

그와 더불어 마나를 다루지 못하는 상황에서 어떻게 세 명에 이르는 익스퍼트 하급의 죄수들을 이겨낼 수 있는지가 의문이었다.

'누가 그를?'

잠깐 의심을 가져봤지만 그럴 만한 존재는 없었다. 아직까지 7채굴지의 간수들은 자신의 손아귀에서 놀아나고 있다.

"클클, 이거 재미있게 됐구먼. 제프리에게 도전하는 죄수가 있을 줄이야."

"그러게 말이야. 이번에는 조금 어려우려나? 꽤나 강해 보이는데 말이야."

그때 제프리의 귓가로 들려오는 소리가 있었다. 바로 술에 취한 간수들의 목소리였다. 그들에게 있어 지금의 상황은 그저 격무 중에 즐기는 단순한 유희와 다르지 않았다. 7채굴지의 방장이 누가 되던 상관없었다.

방장이 바뀐다고 해서 자신들의 상황이 바뀔 일은 없었다. 그냥 즐기면 되었다. 그래도 이번에는 재미있었다. 제프리가 7채굴지의 방장이 된 지 무려 5년. 그 5년 동안 단 한 번도 그는 지지 않았다.

모두 잔인하게 그에게 죽임을 당했다. 그래서 재미없고 지루했다. 다른 채굴지에서는 하루가 다르게 방장이 바뀌고 하루가 멀다 하고 데스 매치가 열리는데 이 7채굴지는 4년간 잠잠했다.

제프리가 방장에 오른 첫 1년은 적어도 한 달에 서너 번은 데스 매치를 가졌다. 그럴 때마다 간수들은 그들의 친분을 이용해 귀족들을 불렀고, 그들에게 여자와 술과 음식을 제공했다.

그리고 간수들은 그들에게 판돈을 걸게 했다. 귀족들은 살이 베이고 피가 튀는 잔인한 유희에 빠져들었고, 간수들은 막대한 돈을 벌어들였다. 그 대부분의 돈이 소장에게 넘어갔으나 그러함에도 간수들은 귀족의 작위를 살 정도로 풍족한 생활을 영위할 수 있었다.

그런데 지난 4년간 그런 재미가 없었다. 그리고 이번에는 모처럼만에 벌어지는 데스 매치였다. 그리고 간수들의 머리에는 한 가지의 수가 떠오르고 있었다.

상대가 꽤나 강해 보인다.

마나가 없는 상황에서 세 명의 마나를 다루는 죄수들을 죽였다. 그렇다면 가능성이 있지 않겠는가? 이번 기회에 제프리를 제거하고 새로운 방장을 세우는 것이다. 그렇다면 한동안 짭짤한 재미를 볼 수 있을 것이다.

그러기 위해서는 제프리를 격동시켜야 했다. 아직도 그의 순서가 되기에는 몇 명의 죄수가 남아 있었다. 그러는 동안 도전자가 지치게 된다면 자신들의 계획은 수포로 돌아갈 것이다.

그리고 그들의 계략은 성공했다.

쾅!

제프리가 음식이 차려진 탁자를 내려친 후 자리에서 일어섰다. 그에 어수선하고 시끄럽던 데스 필드가 조용해졌다. 모든 시선이 제프리에게로 향했다. 제프리는 마치 그 시선을 즐기는 양 고개를 쳐들고 숨을 크게 들이쉬더니 철창을 향해 걸음을 옮겼다.

이쯤에서 자신이 나서줘야 했다. 자신은 마나 억제 수갑도 없었다. 물론 다른 죄수들과 같이 마나를 흐트러뜨리는 음식을 하루 세 번 꼬박꼬박 먹기는 했다. 하지만 지금은 오히려 마나를 증폭시키는 약을 복용한 상태이다.

원래 자신의 마나가 돌아와 있었다. 단 하루뿐이지만, 마나가 돌아오지 않더라도 이 7채굴지에서는 자신을 어찌해 볼 죄수는 없었다. 자신은 죄수이지만 7채굴지 안에서만큼은 황제였으니까.

8각의 철창으로 향하는 제프리의 전신에서 아지랑이 같은 것이 일렁거렸다.

"저거… 위험하지 않겠나?"

스키피오가 불현듯 물었다. 하지만 키튼은 그 말을 귓등으로도 듣지 않았다.

"대장이 당할 것 같수?"

"아니… 뭐, 그런 것은 아니지만……."

"그 양반, 어물거리기는. 얼굴에 그런 표정이나 짓지 말고 말하쇼."

키튼의 말에 스키피오가 그를 바라보았다. 그러다 자신을 제외한 모두가 키튼과 같은 표정이라는 것을 느끼고는 입을 열었다.

"자네들은 걱정되지 않는 모양이군."

"걱정? 걱정이야 되지. 하지만 뭐 걱정한다고 해서 달라질 건 없잖수."

참으로 태평한 말이다. 그런 그들은 연신 자신의 앞에 있는 얼마 안 남은 고기를 끊임없이 집어먹고 있었다. 그런데 그 모습이 마치 무언가를 대비하는 듯한 모습이다. 그에 스키피오가 무언가를 느끼고 물었다.

"…무엇을 계획한 건가?"

그렇게 묻는 스키피오를 말없이 바라보는 키튼이다. 그러다 히죽 웃으며 말했다.

"우리 대장은 말이오, 처음 소위로 임관하자마자 임시 대위에 임시 중대장이 되었소. 그후 100명에 이르는 중대를 단 5개월 만에 휘어잡았소. 그리고 전장에 투입됐지. 그 무섭다는 바이큰 족조차 우리 대장을 죽음의 전사라 불렀소. 데스 워리어 말이오. 그리고 이곳은 데스 필드에 데스 매치요."

"……."

스키피오는 그저 말없이 키튼의 말을 들었다.

말의 의미는 알고 있다. 이곳이 아무리 지독하다 해도 전장만큼은 아니고, 전장에서 적으로부터 죽음의 전사라는 말을 들을 정도면 그 용맹함이 어떠할지 말이다.

하지만 그래서, 그래서 대체 뭐란 말인가? 마나가 전혀 없지 않은가 말이다. 그런데 보자니 7채굴지의 방장은 적어도 익스퍼트 중급에 이르는 실력을 지니고 있다. 하급이라면 수련하고 단련된 움직임으로 어떻게 해볼 수 있겠으나 중급은 아니었다.

"우리가 독방에 갈 때 무엇을 느꼈수?"

"그야……."

"이까짓 수갑이나 족쇄가 우리 대장을 막을 수 있을 것 같수?"

그렇게 말하면서 키튼은 수갑을 스키피오 앞으로 들어 올렸다. 스키피오는 의문이 가득한 눈으로 키튼의 수갑을 바라보았다. 그러한 스키피오를 보며 의미심장하게 웃던 키튼이 슬쩍 수갑을 엇갈리게 틀었다.

끼기긱!

팽팽하게 당겨진 쇠사슬이 엇갈리며 쇠가 갈리는 소리가 났다. 그리고 스키피오는 아주 선명하게 볼 수 있었다. 쇠사슬에 금이 가고 있음을 말이다. 그는 눈동자는 더 이상 커질 수 없을 정도로 커졌다.

마나 억제 수갑의 사슬은 힘이 있다고 끊을 수 있는 것이 아니었다. 그런데 그 수갑의 사슬에 금이 가고 있다. 믿을 수 없는 일이었다.

트득.

그리고 사슬이 늘어졌다. 그러더니 실금이 커지더니 마디 하나가 툭 떨어져 나갔다. 스키피오의 눈이 키튼의 눈과 부딪쳤다. 키튼의 눈은 지극히 냉정했다. 스키피오는 키튼의 주변에 있던 이들을 빠르게 훑었다.

그리고 깨달을 수 있었다.

'이들은… 마나를 스스로 억제하고 있었구나.'

그랬다. 도대체 어떤 방법으로 그렇게 할 수 있는지 모를 일이다. 현자의 탑 탑주이던 자신이지만 지금의 상황에 대해서는 전혀 상상조차 할 수 없었다. 그 순간 스키피오의 고개는 휙 소리가 나도록 빠르게 팔각의 철창을 향했다.

그 순간 스키피오는 카이론과 시선이 부딪쳤다. 카이론의 눈은 웃고 있었다. 그 순간 스키피오는 뭔가 짜르르 하며 느껴지는 것이 있어 카이론의 손을 바라보게 되었다. 그리고 그는 보았다.

카이론의 손에 아주 미약하게 퍼지는 푸른색의 일렁임을 말이다.

"후욱!"

스키피오는 숨을 들이켤 수밖에 없었다. 자신이 생각할 수 없는 어떤 거대한 것이 움직이고 있었다. 숨을 들이쉰 스키피오는 자신도 모르게 라마나를 바라보았다. 그에 라마나가 슬머시 미소를 떠올린다.

'도대체……'

도대체 정신을 차릴 수가 없었다. 지난 한 달 동안 자신은 이들을 충분히 파악했다고 생각했다. 어느 정도 알고 있다고 생각했다. 하지만 전혀 아니었다. 자신은 이들에 대해서 하는 것이 전혀 없었다.

이들이 누구이고 어떤 사람들인지 전혀 모르고 있었다. 스키피오는 자신의 두뇌에 자신 있었다. 그래서 세상을 굽어보고 모든 것을 자신의 두뇌로 해결할 수 있다고 생각했다. 그런 생각에 이미 한 번 당했음에도 불구하고 자신은 또 다시 자신 스스로 함정이 빠져든 것이다.

"세상은 넓습니다. 그런 세상의 모든 것을 이 작은 머리에 다 담을 수는 없을 것입니다."

그때 라마나가 스키피오에게 다가와 조용히 한 말이다. 그랬다. 스키피오는 지금까지 자신만의 함정에 빠져 있었다. 그것을 아주 보기 좋게 깨뜨리고 깨닫게 해주는 라마나였다. 라마나의 말에 스키피오는 부들부들 떨었다.

'나는… 자만했었구나.'

그는 자만하고 있었다. 그래서 이렇게 된 것이다. 그런데 자신은 그걸 깨닫지 못하고 지금까지 재기를 꿈꾸고 있었다. 그래서 카이론이라는 자는 자신을 일깨우기 위해 한 달이라는 시간을 보낸 것이다.

"자네… 날 알고 있었나?"

불현듯 물어보는 스키피오이다.

라마나의 얼굴에 알 듯 모를 듯한 미소가 떠올랐다. 스키피오는 피가 싸늘하게 식어가는 것을 느꼈다.

단순한 웃음이었지만 그 웃음이 지금의 모든 상황을 대변
해 주고 있었다.

'무서운 자!'

무서웠다. 이자도 무섭고 이런 자들에게 절대적인 믿음과
신뢰를 한 몸에 받고 있는 저 거구의 사내 역시 무서웠다.

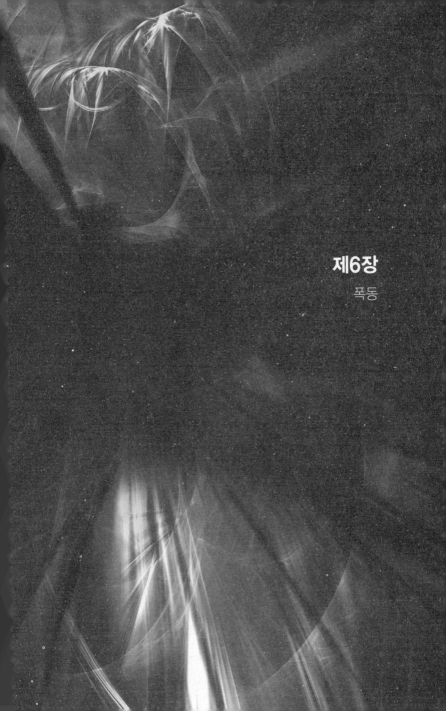

제6장

폭동

Warrior

　팔각의 철창 안에 카이론과 제프리가 마주 섰다. 제프리의 무기는 물결 모양의 두 자루의 단검이었다.

　크리스라 불리는 대륙의 남쪽에 사는 말라이 부족이 사용하는 단검으로, 크리스라는 말 자체가 단검을 의미한다. 가장 세련된 단검 중 하나로 많은 이들이 이 크리스라는 단검을 사용했다. 그리고 세련된 만큼 날카로웠다. 잘못하면 주인의 살을 벨 정도로 말이다.

　그런 크리스를 양손에 역수로 쥐고 비스듬하게 서 있는 제프리. 그의 자세는 빈틈이 없었다. 과연 5년 동안 7채굴지의 방장을 차지하고 있을 만한 실력이라고 할 수 있었다. 그가 카이론을 보며 웃었다.

"애송이, 잘 왔다만 여기까지다."

"흐으음."

제프리의 말에 카이론은 그저 한숨을 내쉴 뿐이었다. 그런 카이론의 행동에 그는 잠시 멈칫했지만 이내 카이론의 주변을 돌기 시작했다. 그런 제프리를 보며 카이론이 나직하게 입을 열었다.

"많이 죽였나?"

"……?"

"네가 쥐고 있는 크리스, 사람의 대퇴뼈로군."

카이론의 말에 씨익 웃음을 지어 보이는 제프리다.

"눈썰미가 좋군."

그러면서 제프리는 크리스를 빠르게 움직였다. 날카로운 파공성을 내며 어지럽게 움직이는 제프리의 크리스. 그러다 크리스를 멈췄다.

"이거 만드느라 돈 좀 썼지. 사람의 뼈가 단단하기는 하지만 무기로 사용하기에는 좀 어렵거든?"

제프리의 말에 카이론은 무심하게 고개를 끄덕였다. 그러다 다시 입을 열었다.

"넌 반드시 죽는다."

"켈! 할 수 있다면."

슈화악!

그와 함께 제프리가 지닌 두 자루의 크리스에서 선명한 주황색의 오러 포스가 시전되었다. 득의만만한 제프리의 표정. 하지만 오러 포스를 보았음에도 불구하고 카이론의 얼굴은 무표정했다.

"쫄았냐?"

그에 카이론의 손이 들리며 손가락을 까딱거렸다. 제프리의 표정이 딱딱하게 굳었다.

"죽여주지. 피라는 피는 모두 빼고 살을 저미며 힘줄을 뽑아내 주지."

까딱까딱!

여전히 손가락을 까딱거리는 카이론.

츄우웃!

순간 제프리의 신형이 눈에 보이지 않을 정도로 빠르게 움직였다. 사라졌다고 느끼는 그 순간 제프리는 어느새 카이론의 전면에 이르렀고, 오른손에 들린 크리스가 카이론의 목을 자르고 들어갔다.

고개를 살짝 젖혀 아주 간단하게 제프리의 크리스를 피하는 카이론. 하지만 제프리는 망설이지도 당황하지도 않았다. 그대로 회전하며 왼손에 들린 크리스로 카이론의 심장을 찔러갔다.

쉬이이익! 툭!

찔러오는 크리스를 어깨를 틀어 피한 후 반대편 어깨로 비어버린 제프리의 등을 툭 밀어젖힌 카이론.

"큭!"

기본적으로 카이론과 제프리는 신장 차이가 있었다. 제프리가 카이론의 목을 치기 위해서는 허공에 떠올라 있어야 했다. 눈부시게 빠른 연계기로 카이론이 공격할 틈을 주지 않겠다는 듯이 움직였지만 과욕이었을까, 아니면 자만이었을까. 결국 공격을 허용하고 마는 제프리였다.

더군다나 허공에 뜬 상태에서 당한 일격이기에 충격이 그리 크지는 않았으나 제프리의 신형은 크게 뒤로 튕겨 나가고 있었다.

제프리는 튕겨져 나가는 방향으로 고양이처럼 굴러 중심을 잡고 바로 카이론을 향해 몸을 틀었다.

콰아아!

그때 제프리는 볼 수 있었다. 그 거대한 체구가 허공을 날아 마치 새처럼 공중에서 회전하며 자신의 정수리로 떨어져 내리는 것을 말이다.

제프리는 즉시 떨어져 내리는 카이론의 품속으로 뛰어들며 크리스로 공격을 가했다.

스사사삿!

순간 제프리는 회심의 미소를 떠올렸다. 아무리 단단한 몸뚱이를 가지고 있다고 하더라도 오러 포스를 시전한 크리스다. 어찌 피육으로 이루어진 인간이 그것을 감당할 수 있을까? 무언가 베이는 듯한 소리가 들려왔다.

느껴지는 감각으론 분명 베어졌다. 하지만 피가 없었다. 그리고 자신의 머리 위에서는 여전히 진득한 살기가 느껴지고 있다.

'위험!'

느끼는 순간 잔상을 남기며 사라지는 제프리의 신형. 그와 동시에 들려오는 격렬한 폭음.

콰아아앙! 투두두둑!

자신이 있던 자리에서 후끈한 열기와 함께 격한 바람이 전신을 때리고 들어왔다. 하지만 제프리는 그 자리에 서 있을 수 없었다. 자신의 전신을 감싸고도는 위기감이 여전했기 때문이다.

콰아악!

어느새 카이론의 발이 제프리의 복부를 향해 쇄도하고 있었다.

"헉!"

외마디를 터뜨리며 백 텀블링으로 카이론의 발차기를 피

해내는 제프리. 하지만 카이론의 공격은 거기에서 그치지 않았다. 지금과 같은 발차기에는 반드시 동작의 틈이 존재한다. 팔을 움직일 때와는 전혀 다른 동작과 시간이 필요하다는 것이다.

하지만 카이론의 공격은 그것을 무시하고 있었다. 어느새 그의 주먹이 다시 제프리의 복부를 향했다. 제프리는 들고 있던 크리스를 X자로 교차하여 복부를 파고드는 주먹을 막았다.

콰차차장!

막을 수 있을 것이라 예상했다. 하지만 그의 그런 기대는 철저하게 부서지고 있었다. 오러 포스가 시전된 크리스가 산산조각이 났기 때문이다. 믿을 수 없는 상황에 눈이 튀어나올 듯 커지는 제프리.

퍼격!

"꺼어억!"

어른 머리통만 한 주먹이 제프리의 복부에 직격했다. 입이 떡 벌어지고 침과 함께 핏물이 고속으로 튀어나왔다. 근육이 노곤해지고 뼈가 자근자근 조각나는 듯한 극통이 밀려왔다. 일순간 그는 신체에 대한 통제권을 잃어버렸다.

턱!

카이론이 제프리의 뒷덜미를 잡고 훅 잡아당기는 동시에

그의 발을 툭 차자, 마치 허수아비처럼 힘없이 끌려간 제프리
의 신형이 허공을 날았다.

콰아앙!

8각 철창의 중앙에 제프리의 신형이 떨어져 내렸다. 그의
등이 철창 바닥에 닿는 그 순간 카이론은 제프리의 오른팔을
잡아 기이한 각도로 꺾어버렸다.

와직!

"크아아악!"

뼈가 부러지는 극렬한 통증에 제프리는 미친 듯이 비명을
질렀다. 그의 입에서는 핏물이 한 움큼 토해져 나왔다. 카이
론은 어느새 그의 하체로 움직여 순간적인 충격으로 아직 정
신을 수습하지 못하고 있는 제프리의 다리를 집어 들었다.

그리고 발뒤꿈치로 제프리의 무릎을 그대로 강타했다.

콰직!

"끄어~"

팔에 이어 다리 역시 기이한 각도로 꺾였다. 완벽한 전투력
의 상실이었다. 하지만 카이론은 거기에서 그치지 않았다. 제
프리가 놓친 크리스를 집어 들어 마치 난도질하듯 치명적인
곳을 제외한 수십 군데를 찌르고 잘라냈다.

순식간에 시뻘건 선혈로 피범벅이 된 제프리. 마지막으로
제프리의 목을 잡고 들어 올린 후 철창에 턱 걸치는 카이론이

었다. 카이론의 시선과 제프리의 시선이 부딪쳤다. 그에 제프리가 핏물이 흥건한 이를 드러내며 웃었다.

"죽여, 이 새끼야! 여기서 안 죽이면……!"

콰아악!

하지만 제프리는 말을 이을 수 없었다. 카이론이 들고 있던 크리스로 제프리의 이마를 그대로 찍어버린 것이다. 여덟 개의 기둥 중 하나에 매달린 채 죽은 제프리이다. 데스 필드에 정적이 감돌았다.

죄수들은 카이론의 잔인함에 치를 떨었고, 너무나도 쉽게 끝난 상황에 간수들은 얼이 빠졌다. 말이 안 되는 상황이 눈앞에 일어났기 때문이다. 제프리는 자그마치 익스퍼트 중급이었다.

그런데 마나를 사용할 줄 모르는 죄수에게 제대로 대항조차 하지 못하고 죽었다. 그렇게 당황하고 있는 간수들을 바라보는 카이론. 그는 간수들이 있는 장소로부터 8각의 철창 끝으로 물러났다.

그리고 뛰었다.

"우와아아악!"

엄청난 함성과 함께 그는 2m에 이르는 철창을 뛰어넘었다.

여기 있는 모든 죄수가 그것을 보고 있었다. 그리고 그가 철창을 뛰어넘음과 동시에 그를 따르는 32명의 친위대가 마나 억제 수갑을 끊어내며 간수들이 있는 곳으로 내달렸다.

간수들이 있는 중심으로 떨어져 내리는 카이론의 신형에 변화가 생겼다. 그 변화는 그의 발끝에서부터 시작했는데 칠흑의 풀 플레이트가 그의 전신을 감싸고 마지막 바이저가 생성됨과 동시에 그의 손에 그의 애병인 언월도가 들려 있다.

"어… 어?"

이 갑작스러운 상황에 그 누구도 제대로 대응하지 못했다. 카이론이 지금 떨어져 내리는 곳은 바로 7채굴지를 담당하고 있는 에릭 버나드 교정관―경비 교도대 대대장―이 있는 곳이었다. 그의 주변으로는 한 개 중대가 중점적으로 배치되어 있고, 간수들이 자리한 곳 외곽에는 두 개 중대가 배치되어 있었다.

그 한가운데로 카이론이 뛰어든 것이다. 전혀 예상치 못한 카이론의 행동.

슈가각!

날카로운 소리가 들려오며 한 줄기 빛살이 에릭 버나드 교정관의 중앙을 수직으로 훑고 지나갔다. 잠시간 정적이 흘렀다. 에릭 버나드 교정관의 눈은 튀어나올 듯 부릅떠져 있으며 실핏줄이 터져 붉게 물들이고 있었다.

그의 입은 크게 벌어져 다물어질 줄을 몰랐다. 약간의 시간이 지난 후 에릭 버나드 교정관의 중심에 붉은 실선이 생겨났다. 그리고 이내 실선에서 검붉은 방울이 생겨나기 시작하더니 종내에는 피분수가 쏟아져 나왔다.

쫘아아악!

완벽하게 두 조각으로 갈라져 버린 에릭 버나드 교정관. 그 두 팔에 안겨 있던 반라의 여인들은 너무나 놀라 자신들의 전신에 흩뿌려지는 검붉은 핏물에도 미동조차 못하다가 마침내 자지러지듯 비명을 질렀다.

"끼아아악!"

"주, 죽여!"

"크아아악!"

"죄, 죄수들이……."

안과 밖에서 동시에 터져 나오는 소리. 카이론의 언월도에서 가을 하늘보다 푸른 청색의 검화가 일렁거렸다. 그를 향해 쇄도하던 간수들과 경비 병력이 움찔하며 주춤했다. 그때 그들 중 두세 명의 목에서 핏줄기가 튀어 올랐다.

핏물은 주변 병사들에게 쏟아졌다.

후드드득!

병사들은 도대체 어떻게 된 상황인지 몰라 어리둥절했다.

그때 횃불에 비친 검은 그림자가 그들을 덮쳤다. 순간 병사들의 얼굴은 시커멓게 물들어가고 있었다.

괴물이 등장했다. 얼핏 보기에도 거의 오거보다 조금 작은 거대한 덩치를 지닌 자였다.

카이론보다 더 큰 거대한 배틀 엑스를 들고 병사들과 간수들을 썩은 짚단 베듯 쓸어버리는 자.

"크하하하! 내가 바로 마지막 타이탄 족, 불카투스 바엘가르다!"

쿠와아앙!

불카투스는 미친 듯이 그 거대한 배틀 엑스를 휘둘렀다. 수갑과 족쇄의 사슬을 끊고 장내로 진입한 32인의 친위대와 카이론, 그와 함께 모습을 드러낸 아시커카크 차전사조차 멍하니 불카투스의 무지막지한 거력을 지켜볼 따름이었다.

한 개 대대, 아니, 엄밀하게 말해서 세 개 중대와 50여 명에 이르는 간수가 죽은 것은 그야말로 순식간이었다. 불카투스에게는 그 어떤 무기도 통하지 않았다. 심지어는 오러조차도 그에게는 무용지물이었다.

특이한 것은 마나가 실린 무기가 그의 전신을 강타할 때 그의 전신에서 기이한 모양의 문양이 생성되며 그 모든 것을 튕겨 낸다는 것이다. 오러도 통하지 않는 저런 괴물이 어찌 사로잡혔는지 도저히 알 수 없었다.

하지만 그들은 멸족했고 불카투스, 그만이 살아남았다. 그가 가진 인간에 대한 분노는 거대했다. 카이론이 그를 거둘 수 있었던 것은 그야말로 행운이라고 할 수 있었다. 꺼져 가는 그의 생명을 되살리고 망가진 정신을 다시 되돌린 그 은혜가 아니었다면 불카투스는 절대 카이론에게 머리를 숙이지 않았으리라.

100년을 참고 지내온 분노를 한꺼번에 터뜨림에 세 개 중대 400여 명과 간수 50명은 순식간에 죽임을 당했다. 그리고 마지막 한 명의 간수를 거대한 배틀 엑스로 두 쪽 낸 불카투스는 하늘을 보며 거대한 포효를 터뜨렸다.

"크아아아아!"

데스 필드가 쩌렁쩌렁 울렸다. 일천 명에 이르는 죄수들은 옴짝달싹도 할 수 없었다. 단 한 명에 의해 완벽하게 제압된 상태이다.

그때 카이론의 신형이 스르륵 떠올랐다. 그리고 8각의 각 지점을 형성한 쇠 봉 위로 사뿐히 내려앉았다.

"꿇어!"

단 한마디였다. 하지만 여기 있는 그 누구도 카이론의 말을 거역할 수 없었다. 죄수들은 자신도 모르게 무릎을 꿇었다. 하지만 그렇지 않은 자도 있었다.

"이, 이런 씨발……!"

서걱! 툭!

반발하던 죄수의 목이 힘없이 떨어져 내렸다. 언제 나타났는지 그 죄수의 뒤에는 아시커나크 차전사가 서 있었다. 그는 무표정하게 주변을 훑어보았다. 그의 눈으로 말하고 있었다. 반항해 보아라. 언제든지 받아준다고.

하지만 그럴 만한 죄수는 없었다. 이미 카이론은 7채굴지의 절대자인 제프리를 죽였다. 그것으로 끝난 것이다. 그가 어떻게 해서 마나를 회복하고 그의 수하들이 어떻게 해서 수갑을 끊었는지에 대해서는 알 필요가 없었다.

그는 이제 7채굴지의 유일한 지존이었다. 그리고 이미 길들여진 죄수들이다. 무릎을 꿇는 것쯤이야 일도 아니라 할 수 있었다. 그때 카이론의 앞으로 다가오는 두 명이 있었다. 바로 7광구 조장과 9광구 조장이었다.

카이론의 시선이 7광구 조장에게로 향했다. 7광구 조장은 카이론의 시선을 피하지 않았다. 그리고 물었다.

"무엇을 원하는가?"

"알카트라즈."

"그 후엔?"

"카테인 왕국."

파르르.

카이론의 말에 7광구 조장의 눈썹이 파르르 떨렸다. 생각지도 못한 대답이 튀어 나왔기 때문이다. 이 정도면 충분히 알카트라즈를 원할 줄은 알았다. 그런데 카테인 왕국을 원할 줄은 생각지도 못했다.

"가능… 하다고 생각하나?"

"불가능한 일은 아니지."

"……."

카이론과 7광구 조장의 시선이 부딪쳤다. 그러다 7광구 조장이 허물어지듯 무너졌다.

"니콜라이 야코블레비치, 마스터를 뵙습니다."

고개를 끄덕인 카이론의 시선이 니콜라이 야코블레비치 옆에 서 있는 폴린 노르딘을 향했다. 그녀 역시 마찬가지였다.

"폴린 노르딘, 마스터를 뵙습니다."

그들은 방장을 본다고 하지 않고 마스터를 뵙는다고 했다. 그것은 무슨 의미인가? 완벽한 주종 관계를 의미하는 것이다.

"일어나."

담담한 카이론의 말에 굽히고 있던 무릎을 펴는 니콜라이와 폴린이다. 그때 그들이 곁으로 라마나가 다가왔다. 그리고 투명한 무언가를 그들에게 내밀었다. 그들은 멀거니 그것을 바라보다 서로를 보았다.

니콜라이는 이내 투명한 무엇을 집어 들고 삼켰다. 폴린 역시 마찬가지였다. 그리고 그들의 입에서 나직한 신음성이 흘러나왔다.

"크흐으윽!"

전신의 뼈가 제자리를 이탈하는 것 같은 극통을 느끼는 니콜라이와 폴린이다. 그들은 이를 악물었다. 하복부에 있는 마나 홀이 찢어질 것 같았다. 전신이 부들부들 떨리고 악문 어금니에서는 이빨이 갈리는 소리까지 흘러나왔다.

뿌드득!

결국 악문 이빨에서 핏물이 흘러내렸다. 이러다 정말 죽을 수도 있겠다는 생각이 들었다. 그래도 참았다. 설마 독약을 주지는 않았을 테니까 말이다. 그러던 중 갑자기 갈기갈기 찢어질 것 같은 하복부에서 청량한 무언가 솟아올랐다.

그리고 마치 박하를 먹은 것처럼 전신이 상쾌해지는 느낌이 들더니 오직 자신의 귀에만 들려오는 소리가 있었다.

뼈가 위치를 다시 잡고 근육이 더욱더 단단해지는 그런 소리이다.

쿠후우우!

어느 순간 무릎을 꿇고 바닥을 설설 기던 니콜라이와 폴린이 서서히 일어섰다. 마나 억제 수갑과 마나를 흐트러뜨리는 음식을 먹기 전보다 늘어난 마나와 그동안의 세월을 보상받은 것처럼 하나의 벽을 넘어선 자신의 신체에 대해 어안이 벙벙해 앞에 있는 라마나를 바라보았다.

"돌아온 것을 축하합니다."

그에 둘은 동시에 카이론을 바라보았다. 카이론은 여전히 철봉 위에 오롯하게 서서 그들을 보고 있었다. 그들의 시선을 받은 카이론이 고개를 끄덕였다. 그리고 외쳤다.

"언제까지 패배자로 남을 것인가? 귀관들은 이곳이 죽었는가?"

크게 외치며 카이론은 자신의 가슴을 툭툭 쳤다. 모두의 시선이 카이론에게 쏠렸다. 여기 있는 이들 중 대부분은 누명을 쓴 군인, 또는 기사, 귀족이었다.

물론 개중에는 천인공노할 짓을 저지른 자들도 있었다. 하지만 알카트라즈에 속한 일만의 죄수 중에 그런 이들을 꼽으라면 극히 일부분이었다. 그러한 그들의 마음속에 카이론이 불을 댕겼다.

분노와 원한, 그리고 복수로 점철되고 알카트라즈에 갇힘으로써 그 모든 희망의 끈을 놓친 그들에게 다시 한 번 기회가 주어진 것이나 다름없었다.

"이 순간 나는 알카트라즈를 정복할 것이다. 나를 따를 자는 이곳에 남는다. 따르지 않는 자는 지금 결정을 내려야 할 것이다. 이번에 한해 떠날 수 있는 자유를 준다."

카이론의 말에 죄수들이 웅성거렸다. 그러다 몇몇이 움직였다. 그리고 다시 몇몇이 움직였다. 움직이는 죄수들의 수는 점점 늘어났다. 떠나는 이도 있고 남는 이도 있었다. 하지만 결론적으로 남는 이들이 절대 다수였다.

떠난 이들이라고 해봐야 고작 일이백 명 안쪽이었으니까. 그와 함께 32명의 친위대가 움직였다. 니콜라이와 폴린은 각 7광구와 9광구의 떠나지 않고 남은 죄수들을 이끌고 6채굴지와 8채굴지로 향하는 길목을 막았다.

"라마나!"

"명!"

"병력을 나눈다!"

"명!"

"스키피오!"

"명!"

"날 따른다!"

카이론이 철봉에서 내려와 데스 필드의 입구로 향했다. 그의 뒤로 스키피오와 불카투스, 그리고 아시커나크 차전사가 따랐다. 그가 사라지자 라마나가 움직이기 시작했다. 하지만 죄수들은 그리 호락호락하지 않았다.

그들은 카이론에게 굴복한 것이지 라마나 카이론을 따르는 이들에게 굴복한 것이 아니었다.

7채굴지의 조장 중 여기에 남은 자는 3, 5광구의 조장이다. 그들은 카이론이 사라지자 앞으로 나섰다.

그에 키튼과 프라이머가 앞으로 나섰다.

"3광구 조장 마그누스 막시무스다."

"5광구 조장 트라키아 스파르타쿠스다."

키튼과 프라이머에게 자신의 신분을 밝히는 그들. 이에 키튼과 프라이머는 그저 고개를 까딱하며 말했다.

"키튼."

"프라이머 엔그로스."

그 이외에는 아무것도 없었다. 작위도 직책도 없었다. 그리고 키튼과 프라이머는 어느새 자신들의 애병인 쯔바이한더와 슈바이체르 샤벨을 들고 있었다.

"올 텐가?"

키튼의 물음에 말이 없는 둘이다. 자존심이 상한다고나 할까? 자신들은 이 지옥과도 같은 곳에서 몇 십 년을 살아남은 자들이다. 그런데 선공을 물으니 말이다. 그런 그들을 보며 키튼은 흰 이를 드러내며 웃었다.

"사양하지 않지."

투훅!

순간 키튼과 프라이머의 신형이 떠올랐다. 그들과 조장들이 있는 곳까지의 거리는 무려 10m 이상이었다. 그런데 그 10m의 거리를 단숨에 좁혀들고 있었다.

단 한 번 뛰어오름에 10m라는 간격이 사라져 버렸다.

마그누스와 트라키아는 헛바람을 집어삼킬 수밖에 없었다. 분명 그들의 무기에는 마나가 실려 있지 않았다. 그런데 10m라는 간격을 단숨에 압축하고 자신의 머리 위로 떨어져 내리고 있다.

도저히 있을 수 없는 일이지만 그들은 그것을 생각할 겨를이 없었다. 그들이 가진 것이라고는 조장이라는 것을 알려주는 철로 된 곡괭이뿐이었다. 그들은 곡괭이를 움켜잡았다. 믿을 것은 오로지 곡괭이밖에 없었다.

"으아아악!"

마그누스가 앞으로 튀어나갔다. 간격을 좁힌다면 자신은 그 간격을 없애 버리면 그만이다. 하지만 상대는 그리 만만한 사람이 아니었다. 전장에서 15년 이상을 살아온 사람. 아무리 알카트라즈가 지옥과 같은 곳이라 해도 전장에 비할 수는 없었다.

카아앙!

마그누스의 곡괭이와 키튼의 쯔바이한더가 부딪쳤다. 카이론이 보고에서 보관하다 꺼내준 검이었다.

곡괭이와 검 사이에서 불똥이 튀었다.

"크흐윽!"

마그누스의 입에서 신음성이 흘러나왔다. 손아귀가 찢어질 것 같은 충격이 전해진 것이다.

가가가각!

쇠와 쇠가 부딪쳐 갈려 나가는 소리가 들렸다. 그러면 그럴수록 마그누스의 팔은 떨려오고 그의 얼굴에서는 홍건한 땀이 흘러내렸다. 전력을 다했지만 감당하기 쉽지 않았다. 더군다나 위에서 아래로 쯔바이한더를 내리누르고 있는 키튼의 얼굴에는 일말의 긴장감조차 어려 있지 않았다.

치이이잉!

순간 키튼은 쯔바이한더를 비스듬하게 내리그었다. 불꽃이 튀며 쯔바이한더가 가는 곳으로 철 곡괭이가 기울었다.

턱!

그리고 곡괭이의 날에 걸렸다. 하지만 잠시 멈칫거렸을 뿐이다. 쯔바이한더의 날이 곡괭이의 날을 파고들었다.

그리고,

서걱!

깨끗하게 잘려 나갔다.

휘리릭! 척!

그리고 기이한 궤적을 그리던 쯔바이한더가 어느새 마그누스의 목에 대어져 있다. 그것은 트라키아 역시 다르지 않았다. 그 역시 슈바이체르 샤벨에 의해 목에 섬뜩한 혈선을 그리고 있었다.

깊이 베이지는 않아 그저 피육에 난 상처일지라도 오히려 그것이 더 섬뜩했다. 조금만 더 깊었다면 그의 목은 잘려나갔을 테니까.

"더할 텐가?"

"졌소."

이로써 서열이 확실하게 정해졌다. 3광구의 조장과 5광구의 조장이 굴복했다. 그렇다면 다른 이들은 보나마나이다. 하지만 키튼은 주변을 둘러보며 외쳤다.

"도전은 언제든지 받아준다!"

그 말과 함께 죄수들이 이리저리 갈라지기 시작했다.

이미 결과를 알고 있는 라마나는 그 둘을 제외한 30명의 인원과 10광구의 죄수들을 이용하여 새롭게 편제를 짜고 있었다.

죄수들은 저항하지 않았다. 아니, 오히려 조금 더 능동적으로 움직였다. 조금씩 무언가 바뀌고 있다는 것을 그들 역시 느끼고 있었던 것이다. 갑작스럽게 7채굴지를 담당하는 경비교도 대대가 전멸하고 간수들이 모두 죽어나갔다.

그리고 방장이 교체되었고, 몇몇 조장들이 자신을 따르는 무리를 이끌고 이곳을 벗어났다. 이것은 분명 간수들이 말하는 폭동이었다. 그런데 그 폭동이 실패할 것 같은 느낌은 들지 않았다.

그리고 아주 결정적으로 폭동을 주도한 자가 마나를 회복했다. 칠흑의 풀 플레이트 메일을 갖춰 입고 있으며, 그를 따르는 32명의 죄수들은 보기에도 잘 정련된 무기와 방패를 갖추고 있고 그들 역시 마나를 회복했다.

일반적인 폭동과는 달랐다. 달라도 아주 많이 달랐다. 거기에는 라마나의 재빠른 행동도 한몫했다. 마치 번갯불에 콩 볶아 먹듯 모든 준비를 마치고 거침없이 움직이는 그의 행동에 죄수들은 얼떨결에 그의 지휘 아래 일사불란하게 움직이고 있었다.

마치 잘 정련된 병사들처럼 말이다. 그들은 그렇게 진압에 대비했다.

*   *   *

이곳 알카트라즈에는 거의 사단 규모의 병력이 주둔하고 있다. 그것에 대한 지휘권은 바로 알카트라즈의 소장인 알렉산드르 피츄슈킨 남작에게 있다. 그리고 그 시각, 피츄슈킨 남작은 폭동에 대한 보고를 받고 있었다.

하지만 그는 하얗게 웃었다. 아주 재미있다는 듯이 말이다. 그 웃음을 본 부소장 페테 퀴르텐은 전신에 오싹한 소름이 돋아나는 것을 느꼈다. 피츄슈킨 남작의 웃음은 그의 잠재하고 있던 폭력성을 깨우는 웃음이었다.

"재미있군."

"……."

그 말 외에는 아무런 말도 하지 않는 피츄슈킨 남작. 하지만 피츄슈킨 남작의 얼굴은 결코 재미있다는 표정이 아니었다.

"일단 6채굴지와 8채굴지의 경비 대대에 입구를 틀어막으라고 해. 여차하면 죄수들을 앞세우라고 하고."

"알겠습니다."

"그리고 경비사단장과 특경대장 들어오라고 해."

"명!"

부소장이 집무실 밖으로 나가자 피츄슈킨 남작의 웃음은 더욱더 짙어졌다.

"한 번 해보자 이거지? 재미있는 놈이군. 오랜만에 피에 젖을 시간이 돌아왔군. 하긴, 그동안 너무 지루하긴 했어."

그는 자리에서 일어나 책상의 뒤로 나 있는 거대한 창문 앞으로 다가갔다. 그리고 뒷짐을 진 채 밖을 내려다보았다. 그가 내려다보는 공간에는 수없이 많은 죄수가 피를 흘리며 채찍질을 당하고 있었다.

그 소리가 어찌나 날카로운지 피 냄새를 맡고 날아든 까마귀조차 감히 접근하지 못했다. 하지만 그 소리는 피츄슈킨 남작에게 자장가와 같았다. 그 소리가 없으면 잠을 이룰 수 없었으니까.

그가 소름 끼치는 웃음을 짓고 있을 때 그의 집무실 문을 열고 들어오는 이가 있었다. 두 명이다. 한 명은 강퍅한 인상에 짙은 다크서클을 가진 자로 마흔 중반의 나이로 보였고, 또 한 명은 3m가 넘어가는 키에 대머리, 흰 피부에 한쪽 눈은 흉측하게 파여 있고 얼굴 전체에 X 자로 나 있는 흉터가 인상적인 자다. 그자는 로어 캐넌 오브 더 뱀브레이스(강철 팔 토시)와 스커트, 그리고 잼보우(강철 각반)와 살러릿(강철 신발)을 착용하고 있었다. 그리고 등 뒤에는 거대하고 거무튀튀한 쇠몽둥이가 걸려 있다.

그들이 들어옴에 신형을 돌려 책상 앞의 의자에 몸을 묻으며 입을 여는 피츄슈킨 남작이다.

"앉아."

그에 두 사람은 말없이 자리에 앉았다.

"들었지?"

"폭동이라고 들었습니다."

"그래, 르위스 공작 측으로부터 부탁받은 놈이지."

"재미있겠군요."

대화는 주로 피츄슈킨 남작과 짙은 다크서클을 가진 중년의 사내가 했다. 3m가 넘는 흉측한 인상의 거한은 입을 꾹 닫고 있었다. 경비사단장 피터 셧클리프와 특경대장 트라이토르(Traitor, 배신자)였다.

특경대장. 그의 이름은 알려지지 않았다. 다만 도저히 인간으로 보이지 않은 거대한 체구와 약간은 파르스름하게 보이는 피부 탓에 피츄슈킨 남작은 그를 몬스터라 불렀다.

원래 알카트라즈에는 한 개 대대만이 경비대대로 존재했다. 그러하기에 알카트라즈에는 사단장이 있을 수 없었다. 있다면 대대장이다.

그런데 사단장이 존재했다. 그것은 바로 경비사단이 알카트라즈 소장의 개인적인 무력이라는 것을 알려주는 대목이라 할 수 있었다.

지금의 알카트라즈는 비정상적이었다. 사단장이 존재했고, 특수경비대가 존재했다. 그런데 적어도 자작이어야 할 사단장이 준남작의 작위를 가지고 있었고, 특경대장은 작위조차 없는 이였다.

"우선 6광구의 경비대대와 8광구의 경비대대로 하여금 입구를 틀어막으라 했으니 자네가 가봐야 할 것 같네."

"알겠습니다."

피터 섯클리프 경비사단장이 바로 자리를 박차고 나갔다. 남은 것은 피츄슈킨 남작과 몬스터라 불리는 특경대장이다.

"몬스터."

"말.해.라."

딱딱 끊어지고 어눌한 말투.

"네가 해야 할 일이 있다."

"무.언.가?"

"불카투스가 탈출했다."

"……."

그 순간 몬스터의 한쪽밖에 남지 않은 눈이 서슬 퍼런 광망을 토해냈다. 하나의 눈이 무시무시한 열기를 담은 채 피츄슈킨 남작을 쏘아보았다.

"7채굴지의 폭도와 합류한 것 같다."

"알.았.다."

그 말과 함께 일어서는 특경대장이다. 그 거대한 체구가 일어서자 작지 않은 크기와 높이를 자랑하던 피츄슈킨 남작의 집무실이 순간 작아지는 것 같은 느낌이 들었다.

끼이익! 탁!

거대한 문이 열렸다가 닫혔다. 피츄슈킨 남작은 그 모습을 바라보며 싸늘하게 미소를 지었다. 이제는 기다리는 일만 남았다.

"조금 더 버텨줬으면 좋겠는데. 그래야 유흥을 더 즐길 수 있을 테니까."

그렇게 말하며 은제 술잔에 담긴 피처럼 붉은 술을 들이켜는 피츄슈킨 남작이다. 그의 눈은 점점 냉혹하게 잠겨들었다.

그 시각, 7채굴지는 6채굴지와 8채굴지로 통하는 길목에 온갖 것을 가져다 쌓아놓고 만반의 준비 태세를 갖추고 있었다. 지금 7채굴지 내에는 지독한 긴장감이 돌고 있었다. 폭도가 되는 순간 자신들의 목숨은 이미 없는 것과 다르지 않았다.

"씨, 씨발, 이러다 다 죽는 거 아냐?"

"방장을 인정하는 순간 이미 우리는 죽은 목숨이지 않을까?"

몇몇 죄수가 조여 오는 진득한 긴장감에 가볍게 불평을 하고 있었다.

"이래 죽든 저래 죽든 죽는 것은 매한가지. 어차피 죽을 것, 발악은 해봐야 하지 않을까?"

"그렇지. 실패한다 해도 아주 잠깐이지만 알카트라즈에 들어와 처음으로 내 의지대로 삶을 살다 가는 것이니, 이것만으로도 나는 만족한다."

마지막으로 삐쩍 마르고 힘없어 보이는 노인의 한탄 같은 말에 다들 침묵했다. 그가 알카트라즈에 얼마나 있었는지는 모른다. 다만 아는 것이라고는 알카트라즈에서 가장 오래 살아남은 몇 안 되는 이라는 것이다.

"나는 오브레임 후작 가문의 마지막 생존자 알리스타 오브레임이라고 한다. 나이 아홉에 알카트르즈에 들어와 이제 쉰 아홉이다. 오십 년을 알카트라즈에서 살았다. 그 오십 년 동안 나는 언제나 소원했다. 내 의지대로 살다가 복수를 하고 싶다고 말이다."

오십 년 전 멸문한 가문의 마지막 후손. 그의 인생에 있어서 알카트라즈는 인생 그 자체였다. 그러하기에 알카트라즈의 간수들조차 그를 함부로 대하지 못했다. 그리고 그는 이제 마지막이 될지 모르는 상황에서 자신의 의견을 피력하고 있었다.

"살아남는다면 나는 복수할 것이다. 가문에 대한 복수가 아니라 내 자신의 의지를 가질 수 없도록 한 자들에 대한 복수다. 그들에게 똑같이 해주고 싶다. 스스로의 의지대로 살 수 없는 것이 어떤 것인지 알려줄 것이다."

그의 한마디에 모두가 숙연해졌다. 이미 그에게 있어서 가문은 덧없음 그 자체였다. 쉰아홉에 불태우고 있는 복수는 스스로의 의지에 대한 것이었다.

오십 년 만에 스스로의 의지대로 결정한 것이다. 그는 무기를 고르지 않았다. 단지 오십 년 동안 자신의 손을 떠나지 않은 낡은 곡괭이를 들었다. 그는 그 곡괭이를 쥐고 일어섰다.

깡마른 손과 발, 느릿하게 끌리는 곡괭이. 대체 무엇이 저 늙고 노쇠한 죄수를 이끄는 것인가?

알카트라즈의 죄수들은 대부분 몰락한 귀족이나 기사들이다. 그들은 한쪽 구석에서 낡은 곡괭이를 끌고 전투를 위해 앞으로 나서는 늙은 전사를 보았다.

"난 뭐 10년밖에 안 됐으니 그나마 나은 건가?"

한 명의 털보 장한이 피식거리며 곡괭이를 들고 일어섰다. 앉아 있을 때는 몰랐으나 곡괭이를 들고 일어나자 그 체구가 자못 장대했다. 털보 장한이 일어남에 따라 몇몇 죄수들이 피식거리며 일어났다.

그때 6채굴지로 통하는 곳에 긴장감이 돌기 시작했다. 죄수들은 직감적으로 알 수 있었다. 적들이 들이닥치고 있음을 말이다.

"무기를 버려라! 항복하면 살 수 있다!"

6채굴지를 담당하고 있는 경비 교도 대대장이 외쳤다. 하지만 7채굴지에서는 어떤 대답도 없었다. 6채굴지의 경비 교도 대대장은 고개를 끄덕였다. 그럴 줄 알았다는 듯이 말이다. 그리고 외쳤다.

"1, 2, 3광구 앞으로!"

거의 삼백에 이르는 죄수들이 앞으로 나섰다. 하지만 그 움직임은 지극히 느렸다.

"이 새끼들아! 앞으로 가! 죽기 싫으면 앞으로 가!"

그때 그들을 몰아세우는 이들이 있었으니 바로 각 광구의 조장과 보조들이었다. 굳이 경비 교도대가 나설 필요도 없었다. 그들이면 되니까. 하지만 죄수들의 움직임은 영 마뜩찮았다. 그에 경비 교도 대대장의 얼굴이 찌푸려졌다.

그것을 본 각 광구의 조장들이 곡괭이를 집어 들었다. 그리고 손에 침을 탁 뱉어내더니 거칠게 외쳤다.

"안 가면 내 곡괭이가 대가리를 쪼갤 것이다!"

잠깐 움찔한 죄수들이다. 하지만 여전히 움직임이 둔한 죄수들이었다. 그런 죄수들을 보던 1광구의 조장은 곡괭이를 들어 올리더니 가장 늙은 죄수를 그대로 내려찍었다.

퍼억!

머리가 터지고 핏물이 사방으로 비산했다. 한 명의 노쇠한 늙은 죄수가 허물어졌다.

"움직여! 움직이란 말이다, 이 개새끼들아!"

1광구 조장이 악다구니를 썼다. 그에 죄수들의 얼굴이 날카롭게 빛났다. 그렇지 않아도 자신들과 다르지 않은 죄수들을 진압한다는 것이 마음에 걸린 상황이었다. 강압에 의해 앞으로 나서기는 하지만 정말 마뜩찮은 일이었다.

그런데 늙고 노쇠한 죄수를 곡괭이로 찍어 죽였다. 평소라면 별말 하지 않았을 것이다. 왜냐하면 그들도 죽음이 두려웠기 때문이다. 하지만 지금은 조금 상황이 달랐다. 지금까지 단 한 번도 없던 폭동이 일어난 것이다.

물론 그동안 폭동이 없던 것은 아니다. 하지만 그 모든 것은 사전에 발각되어 주동자는 오체분시되어 죽음을 맞이했다. 비록 7채굴지에 한하지만 한 개의 채굴지 전체가 가담한 폭동은 단 한 번도 없었다.

그런데 그 불가능하다는 폭동이 일어났다. 그때였다. 7채굴지 쪽에서 우렁찬 소리가 들려왔다.

"7채굴지의 방장 카이론이다!"

순간 소란스럽던 6채굴지의 죄수들과 경비 교도 대대는 일제히 소리 나는 쪽으로 시선을 돌렸다.

"언제까지 죄수로 살 것인가? 죄수로서 죽고 싶다면 말리지는 않는다! 하지만 최소한 스스로의 무고함을 밝혀야 하지 않겠는가? 영지를 잃은 통한은 갚아야 하지 않겠는가? 가문을 멸문시킨 적에게 복수는 해야 하지 않겠는가?"

순간 죄수들의 기세가 조금씩 변하기 시작했다. 무수히 오랜 시간 동안 덮어두었던 그들만의 생각을 너무도 잘 파고든 탓이다. 죄수 중에 자신의 죄를 인정하는 이가 얼마나 있을까?

그중에 대다수가 귀족이고 기사들이고 보면 그것은 오히려 더할지도 모를 일이다. 그런 기세의 변함을 느낀 경비 교도 대대의 대대장이 다급하게 외쳤다.

"전원 투입한다!"

척! 척! 척!

경비 교도 대대가 움직였다. 그에 1~10광구의 전체 죄수들이 그들의 창칼에 한곳으로 움직였다. 조금은 불편한, 그리고 조금은 껄끄러운 그들의 움직임이다.

"움직이지 않으면 죽인다!"

푸욱!

경비 교도 대대는 망설임이 없었다. 약간 움직임이 늦은 죄수의 심장을 그대로 찔렀다.

"커헉! 이, 이런… 개……."

서걱!

"움직여! 움직이란 말이다!"

푸욱!

"커헉!"

또 다른 한 명의 죄수가 창에 찔려 죽었다. 몇 십 명의 죄수가 죽어간 끝에 1천에 달한 죄수들은 공격 대형을 갖추었다. 그리고 대대장이 외쳤다.

"공겨억!"

"공격하라!"

그 말과 함께 경비 교도 대대의 병력은 스크룸(장방형의 방패)을 앞에 두고 장창으로 죄수들을 찔렀다.

죄수들은 죽지 않기 위해서 앞으로 전진했다. 하지만 망설일 수밖에 없었다. 앞으로 가도 죽음이요 뒤로 가도 죽음이다. 그런데 중요한 것은 앞에 있는 이는 같은 죄수이고 뒤에 있는 자들은 자신들을 착취하는 간수들이라는 것이다.

그때였다.

"우와아악!"

한 명의 죄수가 갑자기 뒤로 돌더니 스크룸과 장창으로 무장한 경비 교도 대대를 향해 달려들었다. 그에 수없이 많은 화살이 빗발치듯 죄수들을 향해 쇄도했다.

퍼버버벅!

"야, 이 개새끼들아! 끄륵!"

그것이 그 죄수가 남긴 마지막 말이었다. 그에 경비 교도 대장이 비릿하게 웃으며 입을 열었다.

"공격하지 않으면 죽는다."

나직한 말이지만 죄수들은 모두 그 말을 똑똑하게 들을 수 있었다. 그리고 그들을 향해 쇄도하던 죄수가 수십 발의 화살을 맞고 고슴도치가 되어 죽어가는 것을 아주 똑똑히 지켜보았다.

"씨발! 이래 죽나 저래 죽나 마찬가지구만. 그래도 말이지, 같은 입장인 놈들한테 죽기는 너무 억울하잖은가?"

덥수룩한 수염을 지닌 자가 뒤로 돌아섰다. 그의 말을 들은 죄수들 역시 피식 웃으며 그와 함께 돌아섰다. 그들의 손에는 오로지 곡괭이만 들려 있다.

"뭐얏! 공격! 공격하란 말이다!"

"모두 죽여!"

돌아서는 죄수가 많아지자 당황한 대대장이 외쳤다.

"공격하란 말이다!"

"싫다! 이런 씨벌 놈들아!"

"우와아아!"

죄수들이 돌아서며 경비 교도 대대를 향해 뛰어들었다.

"쏴! 어서 화살을 쏴!"

"장창 내려!"

"찔러!"

화살이 쏘아지고, 세워졌던 4m 길이의 장창이 서서히 내려왔다.

죄수들은 미친 듯이 달려들며 곡괭이를 휘저었다. 장창에 꿰뚫리는 죄수도 있었다. 하지만 그들로 인해서 길이 만들어졌고, 죄수들은 곡괭이로 스크럼을 찍어 내리며 경비 교도 대대를 공격해 들어갔다.

제7장

예니체리

Warrior

6채굴지의 죄수들과 경비 교도 대대가 부딪칠 무렵, 죄수들을 향해 외친 카이론이 뛰어올랐다.

투우~

경비 교도 대대의 대대장은 분명 그것을 보았다. 비록 죄수들이 칼을 거꾸로 들기는 했지만 완전 무장을 하고 마나를 다룰 줄 아는 이들이 다수인 경비 교도 대대에게는 큰 문제가 되지 않았다.

그러니 죄수들은 걱정할 필요가 없었다. 그가 걱정하는 것은 역시 7채굴지의 죄수들일 수밖에 없었다. 그런데 그 먼 거리에서 한 명의 죄수가 흙먼지를 일으키며 튀어 올랐다. 말도 안 되는 거리였으나 그 죄수는 뛰어 올랐고, 지금 자신을 향해 떨어져 내리고 있었다.

"어, 어……?"

너무나도 창졸간에 일어난 일에 경비 교도 대대장은 그저 입을 벌릴 뿐이었다. 황당하지 않은가? 그 거리를 한 번의 점프로 좁히다니 말이다. 자신을 향해 떨어지는 죄수.

그때 죄수가 입고 있는 검은색 갑옷이 보였다.

'풀 플레이트 메일? 어떻게?'

수없이 많은 생각이 뇌리를 스치고 지나갔다. 그와 동시에 경비 교도 대대장은 검을 잡아갔다. 멍청하니 반항도 못해보고 죽고 싶지는 않았다. 검이 빠져나오며 죄수가 휘두르는 기이한 언월도에 부딪쳤다.

스가각!

이상한 소리가 들렸다. 무기와 무기가 부딪쳐서 나오는 소리가 아닌 전혀 다른 소리가 들렸다. 그리고 경비 교도 대대장은 느낄 수 있었다. 자신의 검이 잘려 나가고 있는 것을 말이다. 실제로는 눈부시게 빠른 속도로 일어나야 하는 일임에도 왠지 느릿하게 보였다.

경비 교도 대대장은 자신의 검을 자르고 정수리를 향해 쇄도하는 언월도를 바라보았다. 눈이 저절로 커지고 무언가 외치려는 듯 입 역시 벌어졌다. 하지만 그의 입에서는 어떤 소리도 들려오자 않았다.

"우와아아!"

그와 동시에 7채굴지로부터 수백 명의 죄수가 쏟아져 나왔다. 그중 몇몇은 허공을 훌훌 날아 경비 교도 대대의 후방을 점했다. 불과 몇 명뿐이지만 그것만으로도 충분하다는 느낌이 들었다.

그들은 다름 아닌 카이론을 따르는 32인의 죄수였다.

"후, 후방을 막아!"

"어떻게……."

"막아! 막으란 말이닷!"

경비 교도 대대에서 거칠고 다급한 음성이 튀어나왔다. 전면에는 삼천이 넘는 죄수들이 있고 후면에는 어떻게 했는지 모르지만 수갑과 족쇄를 풀고 풀 플레이트 메일을 갖춰 입었으며 무기에서는 오러를 줄기줄기 뿜어내는 강력한 죄수들이 존재했다.

경비 교도 대대는 발악하고 있었다. 어차피 막지 못하면 죽는다. 자신들이 죄수들에게 한 짓을 생각하면 죄수들은 결코 자신들을 살려두지 않을 것이기 때문이다. 그리고 그들의 생각대로 카이론은 이들을 살려둘 생각이 없었다.

어차피 알카트라즈는 이미 피츄슈킨 남작의 사유화된 재

산과 다르지 않았다. 그러기 위해서 피츄슈킨 남작은 중앙에 끊임없이 뇌물과 세금을 바치고 있었다.

그 오랜 세월 동안 그 정도 누렸으면 죽어도 여한은 없을 것이다. 이제는 죄수들이 누려야 하지 않겠는가? 죄수로서가 아니라 사람으로서 말이다.

"후욱! 후욱!"

노쇠한 죄수 한 명이 거친 숨을 내쉬고 있다. 가장 먼저 경비 교도 대대를 향해 달려든 알리스타 오브레임이었다. 가장 오랫동안 알카트라즈에서 살아남은 이.

저 몸으로 곡괭이를 들 힘이라도 있을까 의문이 들 정도로 그의 전신은 흔들리고 있었다. 하지만 그는 다시 곡괭이를 억세게 움켜쥐었다.

"으아아악!"

이 정도면 노익장이라고 할 수 있었다. 쉰아홉에 쇠약해질 대로 쇠약해진 몸으로 그는 곡괭이를 들고 간수들과 교도 대원을 향해 곡괭이를 휘둘렀다.

콰직!

간수의 머리통에 알리스타의 곡괭이가 작렬했다.

"크흐으!"

하나 갑작스럽게 손에 힘이 쭉 빠져나가며 다리에 힘이 풀렸다. 그의 시선은 자신의 복부를 향해 있었다. 어느새 날카로운 창이 복부를 꿰뚫고 있었다. 눈앞이 흐려졌다. 그는 자신의 복부에 창을 찌른 이를 바라보았다.

기억에 없는 자다. 설핏 웃음이 떠올랐다.

'이러고 말 것을……'

곡괭이를 버리고 창을 잡았다.

꾸욱!

창을 빼려던 교도 대원이 당황했다. 노인이라고는 느껴지지 않을 악력으로 창을 움켜잡음에 빼낼 수가 없었기 때문이다.

퍼억!

그때 또 다른 곡괭이가 교도 대원의 등을 찍었다. 입을 딱 벌리며 그대로 고꾸라지는 그.

"염병할 노친네. 그냥 있어도 될 것을."

예의 털보 장한이었다. 그를 보며 메마른 웃음을 지어 보이는 알리스타 오브레임. 알리스타는 창을 잡고 있던 손을 놓고 그를 향해 손을 내밀었다. 그의 손을 잡은 털보 장한. 거칠거칠한 감각이 느껴진다.

"자알……"

털썩!

말을 마치지 못하고 힘없이 무릎을 꿇는 알리스타 오브레임. 그를 무심한 척 바라보는 털보 장한. 그러다 코에 엄지와

검지를 가져다 대고 힘을 주었다.

패앵!

코를 시원스럽게 푼 털보 장한. 그는 말없이 노인이 들고 있던 곡괭이를 집어 들어 잠시 바라보다 고개를 들었다.

"우와아아악!"

그리고 가슴에 담은 응어리를 풀 듯 커다란 함성을 지르며 미친 듯이 앞으로 튀어나갔다.

찔러오는 창을 곡괭이 날로 걷어내고, 왼손에 든 곡괭이로 머리를 쪼갰다. 방패로 막으면 방패를 쪼개 버렸다.

피가 튀고 비명이 난무했다. 하지만 그러함에도 털보 장한의 가슴속에 무겁게 내려앉은 돌덩이 같은 응어리는 풀리지 않았다. 그의 손아귀에 핏줄이 돋아났다. 다시 함성을 질렀다. 목에서 피가 나도록.

쯔걱!

마지막 경비 교도 대대원의 목이 베였다.

카이론은 가볍게 언월도를 흔들어 피를 털어냈다. 그리고 6채굴지를 쓸어보았다. 일천의 죄수 중에서 겨우 3분의 1 정도 살아남은 것 같았다.

그들은 거친 호흡을 가다듬으며 자신을 바라보고 있었다. 카이론은 그중 한 명에게 시선을 두었다. 진득한 핏물과 함께 살점까지 덕지덕지 붙어 있는 두 개의 곡괭이를 들고 어깨를 들썩이는 털보 장한이다.

그에게로 걸음을 옮긴 카이론. 인기척을 느꼈음인가? 털보 장한의 고개가 들리며 카이론을 바라보았다.

"무슨 일이우?"

"저들을 맡아줄 사람이 필요해서 말이지."

카이론은 턱 끝으로 털보 장한의 뒤에 있는 죄수들을 가리켰다. 어찌 된 일인지 모르지만 털보 장한이 가장 앞에 서 있고 나머지 죄수들이 그를 따르는 모양새가 형성되어 있었다. 그 모양새를 본 털보 장한이 피식 웃어 보였다.

"난 그럴 만한 인물이 못 되우만."

"가끔은 자리가 사람을 만들기도 하지."

"그럴 수도 있겠지만 저들이 날 따르겠수? 저들 중 상당 부분은 귀족이거나 기사로 알고 있수만."

털보 장한의 말에 다시 죄수들을 훑어보는 카이론이다.

"그게 무슨 상관인가? 나도 죄수고 너도 죄수고 저들도 죄수인 것을."

"큭! 그렇긴 하우만."

그렇긴 했다. 어차피 이곳에 있는 이들은 전직이 귀족이든 기사든 개돼지만도 못한 노예든 모두 죄수라는 사실은 변치 않았다. 그때 카이론이 외쳤다.

"내 앞에 있는 자에게 너희들의 지휘를 맡기려 한다! 이의 있으면 앞으로 나서라!"

카이론의 외침에 죄수들이 주변을 둘러보았다. 그러다 다섯 명의 죄수가 앞으로 나섰다. 다들 털보 장한에 못지않게 당당한 체구를 지닌 자들이다. 카이론은 그중 가장 먼저 나선 자에게 물었다.

"무엇 때문인가?"

"저자는 전직 용병으로 마음에 안 든다 하여 귀족을 때려 죽인 자요."

그에 카이론이 털보 장한을 바라보았다. 털보 장한은 어깨를 으쓱해 보일 뿐이었다.

"그것이 불만이라면 둘이서 해결하도록."

그제야 뒤를 돌아 반대하는 자를 바라본 털보 장한은 얼굴을 일그러뜨리며 웃었다.

"너였냐?"

"미안하오. 하지만 사실은 사실 아니오?"

"그 귀족이 처녀를 간살했다는 말은 왜 안 하고?"

"그건……."

"쓰벌 놈의 새끼가 되지도 않는 수작을 벌이고 있어. 평소 여기저기 잘도 이간질하고 다니더니만 지금 이 상황에서도 이간질이냐?"

"살려니 별수 있소? 과정은 중요치 않지 않소? 여기 있는 사람 대부분이 결과 때문에 여기 있는 것 아니오?"

"그래? 그럼 어디 와봐라. 결과가 말해주겠지. 네 말이 맞는지 틀리는지 말이다."

털보 장한이 곡괭이 두 개를 움켜쥐었다. 그에 그와 입씨름을 하던 죄수 역시 자세를 잡았다. 그런데 죄수의 자세는 기이하게 털보 장한과 자세가 달랐다. 마치 정통 귀족 가문에서 검을 배운 것 같은 자세였다.

"새끼, 귀족이었다고 티 내냐?"

"형님 형님 해주니 정말 형님인 줄 아는가 보구나."

"염병. 몸에 난 털을 세어도 너보다 많다, 새끼야. 대가리에 피도 안 마른 놈이 어디서 개김질이야?"

"죽엇!"

털보 장한에게 말로는 당할 수 없었는지 경비 교도 대대가 가지고 있던 장검을 주워 든 죄수가 털보 장한에게 득달같이 달려들었다. 물론 수갑과 족쇄가 채워져 있어 제대로 된 위력은 발휘하지 못했지만 그렇다 하더라도 정통 검술이었다.

카앙!

검과 곡괭이가 부딪치며 불똥이 튀었다.

카가가각!

단숨에 베어버리려는 죄수와 그것을 막아내는 털보 장한의 곡괭이. 쇠가 갈리는 소리가 들렸다.

털보 장한은 한 번 씨익 웃어주더니 죄수의 검을 밀었다. 그에 튕기듯이 뒤로 물러나는 죄수였다.

터더덕!

힘에 밀려서인가? 죄수는 휘청거리며 뒤로 물러났다.

"이런 씨발!"

뒤로 물러난 죄수는 자신이 밀렸다는 것에 참을 수 없었는지 귀족답지 않은 말을 내뱉으며 다시 득달같이 달려들었다.

좌아악!

털보 장한에 거의 다가왔을 때 죄수는 검끝으로 흙을 긁어올려 털보 장한에게 흩뿌렸다. 귀족답지 않은 야비한 술수였다.

"꼼수를 부리기는. 내가 전직 용병이었다, 이런 씨발아."

퍼억!

"커허억!"

순간 죄수의 허리가 접혔다. 어느새 털보 장한의 오른손에 들려 있던 피 묻은 곡괭이가 죄수의 복부를 관통하고 있었다.

"우~ 와아악!"

그리고 그대로 들어 올린 후 죄수의 몸을 허공에 띄우더니 바닥에 내려쳤다.

콰아앙! 부르르르!

바닥에 떨어진 죄수가 전신을 떨더니 이내 눈도 감지 못하고 고개를 옆으로 떨궜다.

"뒈!"

그런 죄수의 시체에 침을 뱉는 틸보 장한. 그리고 뒤로 돌아서 외쳤다.

"또 나와! 어떤 새끼든 다 죽여주마!"

그 흉포한 기세에 앞으로 나온 네 명의 죄수가 주춤거리더니 이내 뒷걸음질로 물러났다.

"이름이 뭔가?"

"그게 필요하우?"

"야라고 부를 순 없잖은가?"

"렉사르요."

"이제부터 6중대장이다."

카이론의 말에 덥수룩한 수염을 씰룩이며 웃음을 떠올리는 렉사르였다.

"내가 용병 죄수 중 제일 출세했군."

그때 카이론의 손에서 나노 튜브 블레이드가 튀어나왔다. 그에 렉사르의 눈이 크게 떠졌다. 아무것도 없는 곳에서 기이한 모양의 검이 튀어나왔으니 당연한 반응이다. 카이론은 나노 튜브 블레이드를 거침없이 휘둘렀다.

카가가강!

불꽃이 튀었다.

투두둑!

그리고 렉사르의 손과 발을 구속하고 있던 수갑과 족쇄가 반듯하게 잘려 나갔다.

철컹!

그리고 그의 발치 앞에 떨어지며 들리는 묵직한 소리. 그것은 수갑과 족쇄를 푸는 열쇠였다.

"좀 많은가?"

카이론의 물음에 피식 웃어버리는 렉사르였다. 많은 정도가 아니다. 카이론이 던져준 열쇠 뭉치는 무려 일천 개였다. 그걸 일일이 다 맞춰봐야 한다는 것이다. 결코 간단한 일이 아니다. 그중 팔백 개 정도는 아무짝에도 쓸모없는 것이다.

"그냥 자르는 게 낫지 않겠수?"

자르려 드니 귀찮아지는 카이론이다. 그에 뒤를 바라봤다. 카이론의 시선을 받은 이들이 앞으로 나서며 죄수들의 수갑과 족쇄를 내려치기 시작했다. 사실 수갑과 족쇄가 간단히 내려친다고 해서 잘리는 것은 아니었다.

만약 그렇게 허술한 수갑과 족쇄였다면 이 알카트라즈는 존재하지 않았을 것이다. 하지만 카이론을 따르는 이들은 아주 절묘하게 수갑과 족쇄를 끊어내고 있었다. 한 명의 부상자도 없이 말이다.

그때 카이론의 곁으로 다가오는 이가 있었으니 다름 아닌 스키피오와 라마나였다.

"적의 움직임이 심상찮습니다."

"예상한 일이지 않나?"

"시간이 너무 짧습니다."

스키피오가 걱정스러운 듯 답했다. 카이론은 여전히 수갑과 족쇄를 풀고 있는 이들을 바라보고 있었다.

"어느 쪽으로 오고 있지?"

"6채굴지입니다."

"8, 9, 10채굴지는?"

"이미 키튼과 불카투스가 점령한 상태입니다."

"좋군."

"집중시킵니까?"

"우리가 유리하니까."

"알겠습니다."

라마나가 움직였다.

"적의 전력은 어떻게 되지?"

"경비 교도 다섯 개 대대와 특정단, 그리고 확실치는 않지만 암살단이 있는 것으로 알고 있습니다."

"특경단과 암살단?"

경비 교도 대대가 이미 사병화되어 알카트라즈 소장의 휘

하에 있음을 알고 있다. 하지만 특경단과 암살단은 처음 들어
보는 말이다.

"특수경비단으로 경비단의 단장은 몬스터라는 설이 있습
니다. 그리고 암살단은……."

설이 있다는 것은 스키피오도 특경단에 대해서는 잘 모른
다는 말이다. 또한 암살단 역시 마찬가지였다. 전혀 아는 바
가 없는 듯 보였다. 아마도 알카트라즈 소장의 감춰둔 한 수
쯤으로 생각하면 될 것 같았다.

"수는?"

"그것 역시……."

스키피오가 말을 흐렸다. 이것이 정상이다. 스키피오가 아
무리 현자의 탑의 탑주라 해도 전혀 모르는 사실을 파악할 수
는 없었다. 그는 알카트라즈의 죄수였다.

"아시커나크!"

카이론의 외침에 허공에서 모습을 드러내는 아시커나크
차전사. 순간 스키피오는 살짝 놀랐다. 전혀 느끼지 못한 탓
이다. 물론 그럴 수밖에 없었다. 그는 검을 익힌 검사가 아니
니까 말이다.

"불렀나?"

"암살단은 너에게 맡기지."

"이제야 제대로 된 임무가 주어지는군."

그렇게 내뱉으며 다시 몸을 감추는 아시커나크 차전사였다. 그는 전사였지만 추적과 암습에 뛰어났다. 거기에 카이론이 준 망토까지 있으니 아무리 암살단이라고 해도 그를 당해내기는 쉽지 않을 것이다.

아시커나크 차전사가 사라짐과 동시에 일천여 명의 인원이 6채굴지로 이동해 왔다. 모두들 수갑과 족쇄가 풀려 있고, 각 채굴지에 있는 대대 본부의 무기고를 털어 방패와 무기, 혹은 방어구를 적절하게 갖추고 있었다.

짧은 시간이었지만 이미 스키피오가 전해준 정보를 토대로 라마나가 빠르게 움직인 탓에 모두가 아쉬운 대로 무장을 할 수 있었다. 하지만 조금 아쉬운 것은 죄수들의 상당수가 죽임을 당했다는 것이다.

경비 교도 대대의 전력은 생각보다 상당해서 피해가 많았다. 6채굴지에서 10채굴지까지 각 채굴지마다 일천 남짓의 죄수가 있었다. 그중 절반 이상이 죽어나간 것이다.

하지만 그들이 움직임은 자못 정연해 마치 몇 년을 같이 훈련한 병력과 같았다. 하지만 어쩌면 그것이 당연하다 할 수밖에 없었다. 이곳은 알카트라즈니까. 소수의 인원으로 다수를 통제하기 위해서는 제식 훈련이 필수였다.

그 가장 선두에는 3m에 이르는 거대한 신장을 자랑하는 불카투스가 서 있었다. 예리하게 빛나는 거대한 배틀 엑스를 등 뒤로 메고 걸어오는 모습은 그저 보는 것만으로도 굉장한 위압감을 풍겼다.

"총 인원 2,215명, 160명을 한 개 중대로 총 열세 개의 중대로 나눴으며, 네 개 중대를 묶어 한 개 대대로 설정, 세 개 대대와 한 개의 연대로 구성했습니다. 1대대장은 불카투스 바엘가르, 부대대장은 렉사르, 작전참모는 스키피오 아프리카누스, 2대대장은 니콜라이 야코블레비치, 부대대장은 마그누스 막시무스, 작전참모는 폴린 노르딘입니다."

"중앙은 본부가, 좌측은 1대대가, 우측은 2대대가 맡는다."

"명을 따릅니다."

명을 내린 카이론이 앞으로 걸어나가자 1대대와 2대대는 좌우로 날개처럼 퍼졌다. 알카트라즈라의 전체 구조는 타원형 형태였다. 그리고 각 채굴지는 외곽을 따라 존재했으며, 각 채굴지를 구분 짓는 목책과 채굴지의 내외를 감시할 수 있는 망루를 조밀하게 둘러싸고 있었다.

각 채굴지는 외길로 연결되어 있었고, 외길 좌우로는 늪지가 있었는데 식인 물고기 등이 서식했다.

그리고 그 중심에 알카트라즈를 실질적으로 움직이는 본성이 존재했다.

본성으로 가기 위해서는 1채굴지와 2채굴지 사이에 있는 거대한 도개교를 내려야만 가능했다. 그 방법 이외에는 본성으로 접근할 수 있는 방법이 없었다. 그러하니 1채굴지와 2채굴지는 반드시 점령해야만 했다.

그런 결심이 서자 바로 모든 죄수들을 모아 5채굴지로 들이치는 카이론이었다. 5채굴지는 목책으로 만든 요새의 문을 굳게 닫고 있었다. 문을 열어줄 의향이 없는 듯 말이다.

"무기를 버리고 항복하라! 항복하면 모든 죄를 사할 것이다!"

5채굴지를 지키는 경비 교도 대대장은 어리석지 않았다.

6채굴지의 경비 교도 대대장처럼 요새의 문을 활짝 열어젖히고 죄수들을 안으로 들일 생각이 없었다. 척 보기에도 이미 수갑과 족쇄를 푼 죄수들인데 수적으로도 상대가 안 되니 말이다.

대신 요새 높은 망루에 올라 연신 소리를 지르고 있었다.

"반항하면 즉참이다!"

그러면서 손을 들어 보이자 요새 안에 있던 경비 교도 대대원들이 장궁에 화살을 재며 금방이라도 화살을 쏘아 보낼 것 같은 위협적인 모습을 보였다. 카이론은 그 모습을 보며 나직하게 입을 열었다.

"안에 있으면 격파하지 못할 것으로 보이나?"

카이론의 시선이 거의 10m 상단에 있는 요새의 탑에서 고래고래 소리를 지르는 경비 교도 대대장을 향했다. 그의 주변으로 싸늘한 기운이 감돌았다. 그가 한 걸음 내딛고 이어 두 걸음을 내디뎠다.

그리고 그 속도는 점점 빨라졌고, 마침내 경비 대대장이 있는 곳으로부터 몇 미터 앞에서 그대로 뛰어올랐다. 마치 발밑에 어떤 마법 장치가 있는 듯 튕겨져 올라가는 카이론의 신형. 그것을 본 경비 대대장은 처음엔 비웃었다.

무려 10m다. 하늘을 나는 몬스터가 아니라면 불가능한 일이다. 마나를 사용하더라도 말이다.

하지만 그런 비웃음은 이내 놀람으로 변했고, 놀람은 다시 경악으로, 경악이 다시 지독한 위기감으로 변하는 것은 그야말로 순식간이었다. 10m를 뛰어올랐다. 그리고 거침없이 기형의 언월도를 그어 내렸다.

서걱!

날카로운 소리를 내며 경비 교도 대대장의 목이 땅으로 떨어져 내리고, 뒤늦게 카이론의 신형이 가볍게 요새 바닥에 착지했다. 그때를 맞춰 불카투스가 양손에 배틀 엑스를 쥔 채 미친 듯이 요새의 성문을 향해 돌진했다.

쿠화아아앙!

거대한 요새의 성문이 불카투스의 돌격에 산산조각 나며 부서져 내렸다.

"돌겨억!"

그때를 같이하여 키튼이 외쳤다. 화살이 쏟아지든 말든 어쨌든 문이 열렸으니 돌격하는 것이다. 그는 믿었다. 화살비가 쏟아진다 해도 죽는 이는 얼마 되지 않을 것이라는 것을 말이다.

지금 살아남은 죄수들은 수갑과 족쇄를 찬 상태에서도 살아남은 이들이고, 과거 알카트라즈에 들어오기 전에도 그리 쉬운 이들이 아니었다.

게다가 요새의 벽을 따라 돌며 거침없이 병력을 죽여 나가는 카이론이 있었다.

이런 상황에서 정작 명령을 내려야 할 대대장까지 없으니 아무리 좋은 무기를 가지고 있는 경비 대대라 할지라도 속수무책으로 무너져 내릴 수밖에 없었다.

그리고 또 하나, 요새 안에서 화살받이로 준비하고 있던 죄수들이 들고일어난 것이다. 이미 알카트라즈 내부에 7채굴지에서 폭동이 일어났다는 것은 모두 알려진 상태였다. 그에 간수들에게 붙을 놈은 붙고, 그것을 거부하고 화살받이로 남을 죄수들은 남았다.

적아가 확실하게 구분되어졌다는 것이다. 대부분 각 광구의 조장들과 보조들. 그리고 방장을 따르는 무리는 간수들 쪽으로 돌아섰다. 그 수 역시 거의 절반에 이른다.

시간이 지났다면 그 남은 절반의 죄수들은 여지없이 죽임을 당했을 것이다.

간수들이 말하는 폭도들에게가 아니라 간수들에게 붙은 죄수들에 의해서 말이다. 하지만 그런 일은 일어나지 않았다. 그 일이 일어나기 전에 카이론이 대대장을 죽였고, 불카투스가 난입하면서 간수들과 경비 대대, 그리고 죄수들을 죽여 나갔기 때문이다.

요새의 문이 열리며 폭도들이 거칠 것 없이 쏟아져 들었고, 앞뒤로 적을 맞이한 죄수들과 간수들의 목은 여지없이 피분수를 뿌리고 있었다. 이미 5채굴지는 손에 들어온 것이나 다름없었다.

카이론은 그 즉시 몇 명을 대동하고 그대로 4채굴지로 향했다. 하지만 4채굴지로 향하는 도중 카이론은 신형을 멈춰 세워야 했다. 그곳에는 일단의 인물들이 있었는데 그 선두에는 불카투스와 비견해서 절대 떨어지지 않는 체구를 지닌 자가 서 있었다.

그리고 그와 엇비슷한 이들이 그의 뒤에 서 있었다.

"불! 카! 투! 스!"

가장 선두에 선 자가 외쳤다. 그 소리가 어찌나 큰지 아직도 치열하게 전투를 치르고 있는 전장에 있는 모든 이들이 들을 수 있을 정도였다. 그때 막 한 명의 죄수를 쪼개던 불카투스가 자신을 부르는 소리에 고개를 소리 나게 돌렸다.

그의 표정은 참으로 미묘해서 반가운지, 아니면 슬픈 것인지, 아니면 분노한 것인지 도대체 알 수 없는 그런 표정이었다. 그를 피와 살점이 뚝뚝 떨어지는 배틀 엑스를 들고 자신을 부르는 쪽으로 걸음을 옮겼다.

걸음을 옮기는 그의 앞길을 막는 죄수들이 있었으나 그것만으로 불카투스의 걸음을 멈출 수는 없었다. 그저 죽을 줄도 모르고 불속으로 뛰어드는 부나방과 다르지 않았다. 자신을 부른 자가 가까워질수록 불카투스의 눈동자가 심하게 흔들렸다.

"카이타누스……."

불카투스가 눈에 보이자 카이타누스라 불린 자가 입술을 비틀며 진득한 살기를 흘렸다. 그 모습에 불카투스는 이내 냉정한 시선으로 돌아와 있었다.

"영혼을 팔았구나, 한때 친구이던 자여."

"크ㅎㅎㅎ."

트라이토르, 아니, 카이타누스는 답이 없었다. 그저 나직한 살소를 흘릴 뿐이었다.

카이론은 그런 그들을 보며 방향을 틀었다.

그들을 지나칠 요량이다. 굳이 자신이 끼어들 이유가 없었다. 오히려 이들을 믿고 안심하고 있는 4채굴지를 점령하는 것이 훨씬 더 이득이었다.

카이론의 예상대로 그들은 카이론과 그 일행을 막지 않았다. 오로지 그들이 집중하는 것은 불카투스였다. 그 이유는 곧바로 알 수 있었다. 카이타누스를 따르는 이들, 그들은 이미 제정신이 아니었던 것이다.

카이론은 그들을 지나치며 흘깃 한번 봄으로써 그들의 상태를 확인할 수 있었다. 하나의 명령을 내리면 그 명령만을 수행하도록 조작된 기억을 가진 꼭두각시와 같은 자들이었다.

그러하기에 카이론이 우회하여 돌아감에도 전혀 미동조차 없었던 것이다.

그 순간 카이론의 등 뒤에서 굉음이 터져 나왔다.

슬쩍 뒤를 돌아보니 불카투스와 카이타누스가 격돌하고 있었다. 카이타누스는 오로지 홀로 불카투스를 상대하고 싶었는지 자신이 거느린 일백의 거인들을 대기만 시켜놓은 것 같았다.

둘의 실력은 거의 백중세였다. 누가 우위에 있다고 할 수 없을 정도로 말이다.

광폭함으로 따지자면 오히려 불카투스를 압도하는 카이타누스. 하지만 카이타누스가 불카투스를 압도하지 못한 이유는 그 광폭함 때문이라 할 수 있었다.

이지를 잃은 광폭함은 그저 광폭함일 뿐이었다. 카이론은 그들에 대해 관심을 끊었다. 그리고 달려가는 그 속도 그대로 홀홀 날아 4채굴지의 요새로 들이닥쳤다. 하지만 깨끗했다. 4채굴지의 가장 높은 깃발 위로 두 발을 들고 선 카이론은 사방을 훑어보았다.

그리고 알 수 있었다.

이미 1채굴지에서부터 4채굴지의 모든 병력과 죄수들은 알카트라즈의 중심인 본성으로 이동했음을 말이다. 그 와중에 카이론의 눈에 잡힌 이들이 있었으니, 그들은 다름 아닌 스키피오마저도 그 진실한 정체를 파악하지 못한 암살단이었다.

그리고 그들과 함께 싸우고 있는 이는 역시 아시커나크 차전사였다. 카이론이 그들을 바라볼 즈음 아시커나크 차전사는 한 명의 암살자 뒤에서 소리 없이 나타나 목을 긋고 흔적도 없이 사라지고 있었다.

콰앙! 콰앙!

"크아아악! 죽.인.다!"

뚝뚝 끊어지며 폭급하게 외치는 카이타누스의 목소리가 카이론의 시선을 붙잡았다. 그때 카이타누스의 뒤에서 미동도 하지 않던 일백 명의 거인이 움직이려 했다.

카이론은 깃발을 박차고 날아올라 일백의 이지를 잃은 거인들 앞을 가로막았다.

카이론도 결코 작지 않았다. 아니, 거대하다고 해도 과언이 아니다. 하지만 일백에 이르는 타이탄 족 앞에 서니 마치 어른과 아이 같았다. 하지만 그들을 향해 뿌려내는 카이론의 진득한 기세는 결코 만만치 않았다.

"그어어억!"

이미 이지를 잃은 타이탄 족. 그들은 인간의 소리가 아닌 짐승의 소리를 내고 있었다. 그리고 그 순간 그들에게 카이론은 분명하게 적으로 인식되고 있었다.

카이론의 양손에서 나노 튜브 블레이드가 튀어나왔다.

이전과는 전혀 다른 나노 튜브 블레이드였다. 더 크고 더 길어졌다. 마치 타이탄 족을 상대하기 위해 만들어졌다는 듯이 말이다. 그와 함께 나노 튜브 블레이드에서 시퍼런 청화가 일렁거렸다.

이미 불카투스를 보아서 알고 있었다. 그들의 몸에는 기이한 문신과 같은 것이 있어 그들의 신체를 파괴하는 것이 쉽지 않음을 말이다. 그래서 카이론은 처음부터 전력을 다했다.

슈가가각!

앞으로 튕기듯 쏘아져 나가며 풍차처럼 휘도는 카이론. 이지를 잃었음에도 불구하고 타이탄 족들은 위험하다는 것을 감지하고 있었다. 그들의 느릿한 몸이 갑자기 빨라졌다. 그들의 전신에서 기이한 문양이 폭죽 터지듯 터져 나오기 시작했다.

뻐버벙! 콰차차장!

문양과 카이론의 나노 튜브 블레이드가 부딪쳤다. 그리고 폭발하며 깨져 나갔다. 검붉은 핏물이 사방으로 튀었다. 거대한 동체가 허물어지고 있었다. 카이론의 청화는 절대 무적이었다.

그것이 무엇이든 잘라내고 있었다. 자신의 두 배가 넘어가는 거대한 체구도, 어른 몸통만 한 무기조차도 카이론의 나노 튜브 블레이드에는 무용지물이었다.

수직으로 갈라지고 수평으로 무너졌으며, 형체도 없이 몸체가 폭발했다.

막아도 소용없었다. 막으면 무기와 몸을 한꺼번에 베어 버렸다. 도망가면 도망가는 대로 검을 날려 등판을 꿰뚫었다.

두 자루의 나노 튜브 블레이드를 날리고 등 뒤에 있던 언월도를 꺼내 들었다.

뛰어올라 일직선으로 그어 내렸다. 이지를 잃은 타이탄 족이 반으로 쪼개지며 검붉은 핏물이 카이론을 덮쳤다. 하지만 이미 카이론은 그곳이 있지 않았다.

수없이 많은 타이탄 족의 목을 베고 돌아오는 나노 튜브 블레이드를 발로 차 다시 돌려보냈으며, 등으로 파고드는 타이탄 족을 향해 언월도를 거꾸로 들어 심장을 꿰뚫었다.

하지만 타이탄 족은 카이론을 놓지 않았다. 마치 같이 죽겠다는 듯이 깍지 낀 손 그대로 앞으로 넘어졌다. 그 위로 수많은 타이탄 족이 덮쳤다. 마치 압살이라도 시킬 듯이 말이다.

그 와중에도 카이론이 날려 보낸 두 자루의 나노 튜브 블레이드는 착실하게 타이탄 족을 줄이고 있었다.

투후욱! 들썩!

겹겹이 쌓인 인의 장벽이 들썩였다. 도저히 움직이지 않을 것 같던 켜켜이 쌓인 타이탄 족이 들썩였다. 그리고 종내에는 그들 사이사이로 빛이 새어 나오기 시작했다.

투화아악!

거대한 폭음이 터지며 카이론을 짓누르던 타이탄 족이 마치 종잇장처럼 사방으로 날렸다. 핏물이 비처럼 쏟아지고 육편이 사방으로 비산했다.

"우와아악!"

그리고 들려오는 굉렬한 외침. 그 가운데에 카이론이 있었다.

투두두둑!

사방으로 비산한 타이탄 족의 육편과 핏물이 카이론의 전신을 적셨다. 살아남은 이지를 잃은 타이탄 족들이 다시 카이론을 덮쳐들었다. 많은 수가 죽었지만 아직도 많은 수가 남았다.

하지만 카이론은 지치지 않았다. 아니, 오히려 처음보다 더 강력해지고 있었다. 인간 같지 않은 백여 명의 타이탄 족. 그것은 인간 이삼천 명과 싸우는 것과 다르지 않았다. 비록 이지를 상실했다고는 하나 그 파괴력은 어디 가지 않았다.

또 한 명의 타이탄 족이 카이론을 뒤에서 깍지를 끼고 들어 올리려 했다. 무지막지한 압력이 카이론의 전신을 짓눌렀다.

카이론은 반대로 신형을 낮추며 순간적으로 팔을 굽히며 들어 올렸다.

쑥 빠져나오는 카이론. 그 자세에서 지체 없이 언월도를 휘둘렀다.

스걱!

"그어어억!"

외마디의 비명을 지르며 그대로 뒤로 넘어가는 타이탄 족. 카이론이 다시 자세를 잡자 날려 보낸 나노 튜브 블레이드가 돌아오고 있었다. 살펴보니 살아 있는 타이탄 족이 없었다. 모두 죽었다.

콰아아앙!

그때 그의 귓가에 들려오는 굉음. 카이론의 시선을 돌렸을 때 두 거구가 마치 짜 맞춘 듯 서로에게서 튕겨 나가고 있었다.

하지만 분명한 것은 불카투스가 유리하다는 것이다. 카이타누스의 입에서는 검붉은 핏줄기가 끊임없이 흘러내리고 있었으니까.

"후욱! 허억! 허억!"

지친 듯 카이타누스는 거친 호흡을 내쉬었다. 그런 카이타누스를 애증을 담아 바라보는 불카투스였다. 그런 불카투스가 싫은지 카이타누스는 다시 공격해 들어갔다. 이미 처음과 달리 느리기 그지없었다.

불카투스는 가볍게 카이타누스의 공격을 막아내었다. 그런데 어느 순간 카이타누스의 무식한 쇠 봉이 불카투스의 목을 향해 달렸다. 가볍게 피했지만 카이타누스의 쇠 봉은 집요했다.

쳐내도 다시 들어오고 피해도 다시 들어왔다. 이번 공격이 마지막이라는 것을 알고 있다는 듯이 말이다. 카이타누스의 공격은 오히려 점점 빨라졌다. 처음 그의 공격이 들어올 때 가볍게 받아내던 불카투스는 이제는 더 이상 간과할 수 없음을 알고 공세로 전환했다.

카앙! 카라랑!

쇠 봉과 두 자루의 거대한 배틀 엑스가 서로 부딪쳤다. 불꽃이 튀고 이리저리 어지럽게 잔상이 남았다. 그러던 어느 순간 카이타누스의 신형이 길어졌다. 그림자조차 쫓아가지 못할 정도로 빠른 움직임이었다.

갑작스러운 카이타누스의 공격에 불카투스는 대경하여 신형을 회전시키며 미친 듯이 카이타누스의 쇠 봉을 막아갔다. 그때 카이타누스의 신형이 아주 잠깐 주춤했다. 너무 빠른 움직임에 분명 파탄을 드러낸 것이리라.

미루어 짐작한 불카투스는 위에서 아래로 배틀 엑스를 찍어 내렸다. 카이타누스는 쇠 봉을 움직여 배틀 엑스를 막아냈다. 하지만 불카투스에게는 또 다른 배틀 엑스가 있었다.

쫘아아악!

아래에서 위로 휘둘러지는 불카투스의 배틀 엑스. 카이타누스는 그대로 배틀 엑스를 허용했다. 하지만 피하지 않았다. 아니, 오히려 불카투스의 배틀 엑스가 더 잘 박히도록 몸을 움직이기까지 했다.

그에 화들짝 놀란 불카투스가 배틀 엑스를 잡아 빼려 했지만 배틀 엑스는 꿈쩍도 하지 않았다. 그때 불카투스의 어깨에 거친 손바닥이 닿았다. 움찔한 불카투스. 그의 시선이 카이타누스를 바라봤다.

카이타누스가 그를 바라보며 웃고 있다. 초점이 모이지 않은 몽롱한 눈동자가 아닌 확실하게 초점이 잡힌 눈동자였다.

"미안하다. 이 말을… 꼬옥 하고 싶었… 쿨럭!"

피를 한 움큼이나 토해내는 카이타누스였다. 그런 카이타누스를 그저 멍하니 바라보는 불카투스.

"이제 와서… 이제 와서 그게 다 무슨 소용일까."

불카투스는 쥐고 있는 배틀 엑스를 놓아버렸다. 아무런 의미가 없었다. 그저 마지막 남은 동족과 저기 카이론이라는 자에게 죽어 대지 위에 뜨거운 피를 흘리고 쓰러진 동족 아닌 동족들의 주검이 널브러져 있을 뿐.

"허어억! 허어억!"

카이타누스는 아직 죽지 않았다. 여전히 굳건한 두 발로 대지를 밟고 섰으며, 죽어가는 눈동자이지만 살아 있었다. 그런 그가 가쁜 숨을 몰아쉬며 마지막 한마디를 남겼다.

"고향… 푸… 푸른 누우운……."

"무슨……."

불카투스는 반문했다. 하지만 더 이상 카이타누스의 음성은 들을 수 없었다.

그 말을 끝으로 숨을 거둔 것이다.

하지만 불카투스는 그것을 개의치 않는 듯했다. 죽은 카이타누스의 멱살을 잡아 올리며 미친 듯이 물었다.

"무슨 말인가? 무슨 말인가 말이다! 말을 해, 말을!"

불카투스가 죽은 카이타누스의 멱살을 쥐고 흔들었다. 하지만 죽은 카이타누스가 살아 돌아올 리 만무했다. 불카투스는 힘없이 카이타누스의 멱살을 놓았다. 카이타누스의 거체가 미끄러지듯 바닥에 떨어져 내렸다.

풀썩!

메마른 먼지가 일어나 카이타누스의 전신을 덮었다. 그런 카이타누스를 멍하니 바라보는 불카투스. 그러한 그의 주변으로는 누구도 접근하지 않았다.

무려 3m나 되는 거구다. 비탄에 빠진 타이탄 족과 같이 있고 싶은 사람이 있을까?

그때 불카투스의 어깨를 툭툭 치는 자가 있었다. 그는 다름 아닌 카이론이었다. 멍하니 카이론을 바라보는 불카투스.

"또 있을 것이다."

그 말에 불카투스는 카이론을 바라보았다. 또 있을 것이라는 말. 자신 말고도 살아남은 종족이 있을 것이라는 말일 것이다. 불카투스는 카이론의 눈동자를 들여다보았다. 카이론은 그의 팔을 툭툭 치며 고개를 끄덕였다.

"그… 렇겠지."

불카투스는 긍정했다.

"고향… 푸른 눈… 고향… 푸른 눈……."

그는 말없이 그 두 단어만 계속 되뇌었다. 불카투스는 직감적으로 그곳에 무언가 있을 것 같다는 느낌을 받았다. 하지만 지금 당장 갈 수는 없었다. 지금 자신은 약속에 얽매인 몸이니까.

그러는 동안 전장은 정리되고 있었다. 그리고 아직 한 명이 돌아오지 않았다. 아시커나크 차전사.

'혼자는 무리였을까?'

그럴 수도 있을 것이다. 그가 암습과 추적에 능하다고는 하지만 본질은 전사. 암살자들을 상대로 수월하게 우위를 점하기는 쉽지 않을 것이다.

카이론은 자신의 곁으로 다가온 라마나에게 명령했다.

"전열 정비하고 대기."

"알겠습니다."

카이론은 불카투스의 팔을 툭 쳤다. 그에 불카투스 역시 무엇을 의미하는지 알고 다시 배틀 엑스를 집어 들고 카이론을 따랐다. 그러다 카이론이 걸음을 멈춰 세웠다. 그리고 라마나에게 전했다.

"우리 사단의 명칭은 예니체리 사단이다."

"예니… 체리?"

"새로운 병사라는 뜻이지."

그에 라마나는 입꼬리를 말아 올리며 웃었다. 새로운 병사. 죄수들에게 딱 맞는 이름이었다. 그들은 죄수가 아닌 새롭게 탄생한 병사가 되는 것이다.

"좋은 이름이로군요."

카이론은 라마나의 말을 듣지 않고 즉시 걸음을 옮겼다. 그리고 그가 가는 등 뒤로 거대한 함성이 일어나며 연신 예니체리가 외치고 있었다.

제8장

본성 공략

"어떻게… 어떻게 된 것인가?"

차분함을 넘어서 절제된 분노를 드러내는 알카트라즈의 소장 피츄슈킨 남작. 그의 앞에는 해쓱한 표정의 경비 교도 사단장 피터 섯클리프와 부소장 페테 퀴르텐이 서 있다.

"죄송… 합니다."

"물론 죄송해야지. 하지만 내가 듣고 싶은 말이 그것이 아니라는 것쯤은 알고 있을 텐데?"

"예상보다 빠른 저들의 움직임입니다. 사단장도 쉽지 않았을 것입니다."

퀴르텐 부소장의 말에 피츄슈킨 남작의 눈이 날카로워졌
다.

"그래서? 그래서 이대로 죽자는 말인가?"

"아닙니다. 인정했으니 방법을 찾아야 하지 않겠습니까?"

퀴르텐 부소장의 말에 뚫어지게 그를 바라보는 피츄슈킨
남작이다.

"하아~ 어쩌다가······."

그러다 결국 긴 한숨을 내쉬는 피츄슈킨 남작이었다. 기실
자신의 잘못도 있었다. 아니, 일을 이렇게 키운 것의 대부분
은 자신의 탓이라 할 수 있었다. 하지만 인정하기 싫었다.

기껏해야 죄수일 뿐이었다.

마나도 사용하지 못하는 법을 어긴 죄수이다. 그런데 그런
죄수조차 제대로 간수하지 못하고 폭동을 일으키게 만들었
다. 처음에는 재미있을 것 같았다. 힘을 가지지 못하고 힘을
빼앗긴 자를 조롱하는 재미란 상당하기 때문이다.

그리고 처음에는 그렇게 보였다. 물론 생각보다 빠르게 감
옥 생활에 적응하는 것 같았다. 바로 조장 자리를 꿰찼으니
말이다.

하지만 그뿐이었다. 곧바로 독방행이었다. 아무리 독한 죄
수라 할지라도 독방을 다녀오면 얌전해질 수밖에 없었다.

독방은 그런 곳이니까. 더군다나 특별히 의뢰까지 받은 죄

수는 들어간 후 단 한 명도 살아나오지 못한 13호실에 배정했다. 하지만 거기서부터 재미가 짜증으로 변했다. 죽으라고 보낸 곳에서 살아나온 것이다.

문제는 거기에서부터 시작되었다. 어떤 대책을 세우기도 전에 죄수가 움직인 것이다. 7채굴지를 점령하고 그 여세를 몰아 5채굴지까지 거침없이 점령해 버린 것이다. 그들의 기세는 실로 무시무시했다.

단 하루가 지나지 않아 모든 죄수와 병력을 본성으로 물려야 했다. 미처 손을 쓸 기회조차 없었다. 그것이 더 참담하고 자존심 상했다. 죄수 주제에 병력을 규합하고 정규군에 육박하는 각 채굴지의 경비 병력을 전멸시키고 있었다.

그들은 이제 무장까지 했다. 각 채굴지에 있는 경비 교도 대대의 무기고를 털어 방어구와 무기를 정비한 것이다. 그리고 또 하나, 어떻게 했는지 모르지만 마나를 회복했다.

거의 불가능에 가까운 일이었다. 마나를 회복하기 위해서는 마나 억제 수갑과 족쇄를 풀고 그동안 투약한 마나 스캐터를 해독해야만 가능했다.

제프리 역시 단 하루의 시간 동안만 마나를 회복했을 뿐이었다. 마나 스캐터의 해독은 결코 쉬운 일이 아니다.

장복했을 경우 아예 마나 홀이 굳어져 다시는 마나를 모을 수 없을뿐더러 해독하는 데에도 부려 1년이라는 길고 긴 시간이 필요하기 때문이다. 그 1년 동안 당사자는 끊임없는 고통에서 몸부림쳐야 한다.

마나 스캐터는 마치 마약과 같아서 끊고 일주일 후부터는 금단현상이 시작되고, 심한 경우에는 피를 토하고 환각에 시달리는 경우도 허다했다. 물론 마나를 회복한 이는 그리 많아 보이지 않았다.

하지만 그렇다고 해도 정녕 믿을 수 없는 상황이었다. 마법사가 아니면 절대 풀 수 없다는, 인간의 의지로는 절대 불가능하다는 마나 스캐터를 완벽하게 해독한 것이니까 말이다.

"그래서… 대책은?"

"외부에 도움을 청해야 하지 않겠습니까?"

"외부라면?"

"그레고리 라스푸틴은 어떻습니까?"

"그……."

퀴르텐 부소장의 말에 피츄슈킨 남작은 살짝 인상을 찌푸렸고, 섯클리프 사단장은 무언가 주저하는 듯했으나 입 밖으로 내뱉지는 못했다. 그의 표정을 보아하니 결코 환영받을 만한 인물은 분명히 아닌 듯싶었다.

그레고리 라스푸틴.

알카트라즈에서 가장 가까운 영지의 영주이다. 비록 작위는 남작이지만 그는 변경백의 휘하에 들어 있어 자못 군세가 대단했다. 하지만 그는 욕심이 많았다. 때문에 피츄슈킨 남작도 그리 탐탁지 않게 여기고 있는 것이다.

"그자라면… 가능할 것 같은가?"

"비록 욕심이 많고 내세우기를 좋아하지만 그가 가진 무력은 결코 만만찮은 전력입니다. 그가 밖에서 들이치고 동시에 안에서 호응한다면 저 정도의 폭동쯤은 어렵지 않게 진압할 수 있을 것입니다."

퀴르텐 부소장의 확신에 가까운 말에도 이마를 문지르며 고민하는 모습을 보이는 피츄슈킨 남작이다.

"그 인간은 될 수 있으면 보지 않았으면 했는데……."

"상황이 상황이니만큼 어쩔 수 없지 않겠습니까? 대신 죽은 병사나 죄수들을 일정 부분 그에게 양보해야 하지 않을까 합니다."

"그건 어렵지 않지."

"그럼 연락하도록 하겠습니다."

"그래, 그렇게 하고, 자네는 어쩔 생각인가?"

퀴르텐 부소장이 자리에서 일어서자 피츄슈킨 남작은 잔뜩 인상을 구긴 채 앉아 있는 섯클리프 사단장에게 물었다.

"이미 장궁과 무기는 배급을 마쳤습니다. 각 조장과 방장들에게 소량의 해시시와 무기, 방어구까지 지급했으니 본성을 지켜내는 데는 그리 큰 문제가 되지 않을 겁니다."

"본성을 지켜? 그것으로 끝? 지금 그것을 말이라고 하는 것인가?"

"하, 하지만 저쪽에는 풀려난 타이탄 족까지 있는 상태라……."

"허어~ 그 타이탄 족은 무려 100년 동안이나 갇혀 있었어. 그동안 수도 없이 마법 실험을 당하고 말이야. 그런 그가 그리 무서운가? 겨우 한 명이?"

그때였다.

벌컥!

경비 교도대의 복장을 한 누군가가 다급하게 집무실 문을 열고 들어왔다. 그에 피츄슈킨 남작은 얼굴을 일그러뜨렸다. 이건 뭔가? 예의 없이 문을 벌컥 열어젖히다니 말이다.

"그, 급보입니다."

"무슨 일인가?"

"트, 특경대가……."

"특경대가 뭐?"

순간 피츄슈킨 남작은 불길한 느낌이 들었다.

"저, 전멸했습니다."

콰득! 쩌적! 채앵!

순간 피츄슈킨 남작은 들고 있던 술잔을 움켜쥐었다. 술잔이 요란한 소리를 내며 깨졌다.

"뭐라? 특경대가 전멸해?"

"그, 그렇습니다."

"이, 이… 우와아악!"

와르르륵!

피츄슈킨 남작은 분을 참지 못하고 책상 위에 놓인 모든 것을 쓸어 집어 던졌다. 집무실 바닥은 순식간에 난장판이 되었고, 그의 손은 술잔에 찢겨 검붉은 피로 물들었다. 그는 미친 듯이 날뛰었다.

잡히는 모든 것을 집어 던지고 책상을 쿵쿵 쳤으며, 거침없이 육두문자를 내뱉으며 한참 동안 우왕좌왕했다.

"죽인다! 죽여 버리겠다! 우와아악!"

섯클리프 사단장과 전령은 그저 피츄슈킨 남작의 분이 가라앉기를 기다릴 뿐이었다. 그러는 사이 문을 열고 두 명의 사람이 들어왔는데, 한 명은 퀴르텐 부소장이고 한 명은 약간 구부정한 허리에 칙칙한 회색 로브를 입고 후드를 깊숙이 눌러쓴 자였다.

퀴르텐 부소장은 난장판이 된 집무실에 흘깃 전령을 바라보며 물었다.

"무슨 일인가?"

"특경대가 전멸했습니다."

"특경대가?"

"그렇습니다."

"크흐음."

그에 퀴르텐 부소장은 난감한 표정을 지어 보였다. 알카트라즈 내에는 경비 교도 사단 외에 힘들게 키운 세력이 두 개 더 있었다. 특경대와 암살단이다. 이중 암살단은 순수하게 알카트라즈의 세력이 아니었다.

어떻게 보면 악어와 악어새와 같은 공생 관계라 할 수 있었다.

그러하기에 알카트라즈 내에서 순수한 무력으로 특경대를 감당할 수 있는 전력은 없다고 봐도 무방했다.

어쩌면 가장 강력한 무력이라 할 수 있는 특경대가 무너졌다는 말에 그는 살짝 현기증이 도는 것을 느꼈다. 칙칙한 회색 로브에 후드를 깊숙이 눌러쓴 자 역시 살짝 어깨를 떨었다.

그러한 회색 로브인을 바라보며 퀴르텐 부소장이 입을 열었다.

"무적이 아니었던 모양이군요."

"켈켈, 믿을 수 없군. 강철보다 단단한 몸을 지닌 그들이 죽을 수 있다니."

마치 쇠를 긁는 듯한 음습한 목소리가 회색 로브인의 입에서 흘러나왔다. 듣는 것만으로도 소름이 오싹 돋을 정도이다.

"왔으면 앉아!"

그제야 분을 가라앉혔는지 갈라진 피츄슈킨 남작의 목소리가 들려왔다. 그는 그 짧은 순간 수십 년은 더 늙어 보였다. 탁한 회색빛 머리카락과 회색 눈동자가 더욱 그를 지쳐 보이게 했다.

"메이지 카라카크 님께서 오셨습니다."

"오! 오셨구려. 상황이 상황인지라 거하게 환영 못함을 양해 바라오."

"켈켈! 이 정도면 저에게는 최고의 환영이지요."

그 말에 피츄슈킨 남작은 살짝 인상을 찌푸렸다. 언제 들어도 적응이 되지 않는 목소리다. 그리고 후드 아래 드러난 얄팍한 입술을 핥는 모습이 마치 뱀이 혀를 날름거리는 것 같은 느낌이 든다.

메이지 카라카크는 지금 알카트라즈의 상태를 한눈에 꿰뚫고 있었다. 유난히 피와 죽음의 냄새를 잘 맡는 메이지 라스푸틴이고 보면 성내 상황을 모르는 것이 오히려 이상할지도 모를 일이었다.

"특경대가… 전멸했다고 하는구려."

"켈! 들었습니다."

"어찌 된 일이오?"

"켈! 글쎄요. 확인을 해봐야 할 듯합니다만…….."

분명 당황해야 할 상황이지만 당황하지 않았다. 오히려 당장에라도 그 시체를 뒤적거리고 싶어 하는 그런 모습을 보이고 있다.

"뭐, 어쨌든 본성 밖에 있는 죄수들은 다 죽여도 좋소. 막을 수만 있다면. 다만 그 주동자는 반드시 생포해 주시오."

"켈켈! 그 외에도 몇 명은 생포해도 되겠습니까?"

"크흠. 그건… 알아서 하시오."

그보다 더한 조건이라도 들어줬을 것이다. 지금은 이것저것 가릴 처지가 못 되었다.

'제기랄! 그놈을 들어오자마자 죽였어야 하거늘……'

그렇게 피츄슈킨 남작이 스스로의 결정에 통탄하고 있을 때, 카이론은 지금 열 명 남짓한 인원을 포박하고 무릎 꿇린 채 그들을 바라보고 있었다.

"남작의 사조직인가?"

"……"

서걱!

카이론의 물음에 답을 하지 않은 암살자들. 그에 가장 끝에 있는 암살자의 목에서 핏물이 터지며 털썩 고꾸라졌다. 죽은 것이다.

카이론의 전면에 있던 암살자의 몸이 흠칫 떨렸다.

"사조직인가?"

"…아니다."

"의뢰?"

"그렇다."

"그럼 의뢰를 바꿀 수도 있겠군."

"……."

카이론의 말에 눈살을 찌푸리는 암살자이다.

"길드 이름은?"

"……."

서걱!

예외는 없었다. 물음에 답이 없으면 곧바로 누군가 죽었다. 또 다른 한 명이 고꾸라졌다.

"길드 이름은?"

"다, 다크 쉐도우."

"이름은?"

"없다."

"살려주겠다."

고개를 숙이고 답하던 암살자의 얼굴이 빠르게 들렸다. 의외의 말에 놀란 것이다.

"대신 나를 위해 일해야 해."

"…뭐가 다른가?"

"암살이 주 임무는 아니니까."

"……?"

의문의 눈동자가 된 암살자. 암살자의 임무는 죽이는 것, 그 이상도 이하도 아니다.

"나를 믿는 것인가?"

"너를 믿는 것이 아니라 돈을 믿는 것이겠지. 그리고 이것을 믿는 것이겠고."

그 말과 함께 카이론의 손이 들리고 암살자의 머리를 툭툭 몇 군데를 짚었다. 아프다거나 몸에 이상이 생기지는 않았다.

"무슨 짓인가?"

잔뜩 경계심이 묻어난 암살자의 물음에 카이론이 답했다.

"너의 정신을 제어하는 수법이지. 적에게 비밀을 실토하거나 배신에 해당하는 행위를 할 경우 뇌의 핏줄이 터지는 거지."

카이론의 말에 인상을 구기는 암살자였다. 생전 처음 들어보는 말이다. 마법사가 아닌 이상 그런 정신 제어 방법이 있다는 것은 듣도 보도 못했으니까. 하지만 지금 자신의 앞에 있는 자는 절대 마법사로 보이지 않았다.

"시험해 봐도 좋아. 죽고 싶다면. 어떻게 하겠나?"

카이론의 말에 암살자는 좌우를 둘러보았다. 다들 무표정을 가장하고 있기는 하지만 역시 그들도 사람인지라 죽기는 싫은 모습이다. 암살자의 우두머리는 머리를 좌우로 흔들었다. 자신들이 무슨 전통을 가진 암살 집단도 아니고 굳이 죽음을 택할 이유는 없었다.

그저 먹고살기 빠듯해서 배운 게 사람 죽이는 일이고, 용케 암살 기술 몇 개를 터득한 관계로 이 일에 종사하고는 있지만 결코 자부심을 느끼고 세간에서 말하는 의뢰를 위해 죽음을 불사하는 어쎄신은 아니었다.

"그렇게 하지."

"잘 결정했군."

그리고 남은 일곱 명에게 일일이 암살자 우두머리에게 한 그대로를 행하는 카이론이다. 정신 제어 기술을 마친 카이론 이 조용히 입을 열었다.

"너희들의 수장은 너희들을 제압한 아시커나크이다. 그리 고 너희들은 이제부터 데어세크(De' aSek)라고 부른다."

"알겠… 소."

자신들이 소속이 정해지는 그 순간 암살자는 말을 올렸다. 그의 변신에 슬쩍 입꼬리를 말아 올리는 카이론이었다.

"첫 번째 명령은 본성에 잠입, 그들의 동태를 알아오는 것. 이상."

카이론이 말을 마치고 자리를 벗어나자 아시커나크는 암 살자들의 포박을 풀어주었다.

"환영한다. 인사는 여기까지. 너, 너, 너는 나를 따른다. 너, 너, 너는 저자를 따른다. 20시 현재 본성의 서문과 남문으로 잠입 후 명일 02시 다시 집결한다."

"……"

대답은 없었다. 아시커나크는 신형을 돌려 몸을 움직일 뿐이었다. 그에 당연하다는 듯이 그를 따라나서는 암살자들. 아니, 데어세크의 조직원들이었다.

아시커나크가 세 명을 데리고 어둠 속으로 사라지자 그 모습을 잠시 지켜보던 남은 조직원들 역시 자리에서 벗어나 어둠 속으로 녹아들었다.

그들이 사라진 그 시각, 폭도들은 다시 무기와 병장기를 정비하고 있었다. 그리고 그들은 투명한 무언가를 먹었다. 그것은 바로 마나 스캐터를 해독하는 알약이었다. 그 알약의 출처는 바로 카이론이었다.

카이론은 두 가지의 보고를 가지고 있었다. 인크레시아와 디크란시아. 그중 디크란시아에는 일반적인 사람들이 생각하는 어둠에 관한 모든 것, 즉 상대를 현혹시키거나 상대의 정신을 구속시키고 상대의 마나를 흐트러뜨리는 시약이 무궁무진하게 많았다.

그리고 그것을 다시 회복시키는 시약 역시 마찬가지다. 카이론은 그저 그것을 확인하고 꺼내주면 되었다. 비록 마법은 사용할 수 없지만 그에 대한 지식은 방대할 정도로 차고 넘치니까 말이다.

밤이 늦었지만 카이론이 이끄는 예니체리는 잠들지 않았다. 이미 마나를 회복한 이들이다. 2,215명의 예니체리 중 마나를 다룰 줄 아는 이가 일천에 이른다. 거의 절반이 마나를 다룰 줄 안다는 말이다. 세상천지를 뒤져봐도 마나를 다루는 익스퍼트의 기사가 일천을 넘어가는 부대는 없었다.

하지만 예니체리는 가능했다. 왜냐하면 이곳은 지옥의 유배지였으니까. 처리할 수 없는 자들, 처리하기 골치 아픈 자들은 모두 이곳에 존재했으니까. 그리고 그러한 자들이 쌓이고 있었으니까.

그래서 일천에 이르는 익스퍼트의 기사들을 얻었다. 그들은 더욱더 강대해졌다. 짧게는 몇 년, 길게는 몇 십 년을 이 혹독한 환경에 살아남은 탓에 그들의 정신력은 과거와 비교조차 할 수 없을 정도로 강했다.

또한 모두가 하나만 생각했다. 이 지긋지긋한 곳을 벗어나고 싶다는 생각이다. 그리고 그 마음 깊숙한 곳에는 처절한 분노가 자리하고 있었다. 그 분노가 이들을 한데 모으고 있었다.

"어찌하면 좋을까."

카이론이 중대장 이상의 지휘관들을 보고 물었다. 하지만 시원한 답은 나오지 않았다. 본성이라는 것이 요새보다 두껍고 높은 성벽으로 되어 있고 거의 사천에 이르는 죄수와 네 개의 경비 교도 대대, 그리고 본성 자체 경비대까지 있다.

한 개 경비 교도 대대를 대략 8백 명으로 본다면 네 개 경비 교도 대대면 3,200명, 거기에 본성을 경비하는 경비 교도 대대는 일천 명으로 확편된 한 개 대대였다. 그렇다면 본성엔 사천의 죄수와 4,200의 경비 교도 대대 병력이 있는 것이다.

거의 한 개 연대급을 상회하는 병력이라 할 수 있었다.

그들이 1~4채굴지를 버리고 본성으로 들어가 버린 것은 사실 너무도 빨리 진행되는 폭동의 양상에 지레 겁먹은 면이 많았다.

6개 채굴지가 점령당했으니 그 수가 최소 삼천은 넘을 것이라 판단했기 때문이다. 하지만 그것은 그들의 잘못된 판단이었다. 여섯 개 채굴지에서 살아남은 자는 겨우 2,215명. 겨우 30%를 조금 넘는 수준이다.

마나를 다루지 못하는 이들이나 이미 육체가 쇠약해진 죄수들은 죽음을 맞이했다고 봐도 무방했다.

지레 겁먹은 덕택에 조금 더 많은 이들이 살아남았지만 그들이 나오지 않고 성문을 굳게 닫고 버틴다면 결국 카이론이 이끄는 병력은 앞뒤로 압사당할 수밖에 없었다. 본성에는 아마도 외부와 통하는 통신망이 갖춰져 있을 것이다. 어떻게 해서든지 외부와 연락을 취할 것이고, 중요한 미스릴 광산인 이곳을 버려둘 귀족은 없었다.

별다른 뾰족한 방법이 없었다. 공성 장비가 있는 것도 아니고 본성 주변에 빙 둘러쳐진 15m 너비의 해자를 뛰어넘을 방도 역시 없으니 말이다. 그때 라마나가 카이론의 귀에 대고 무어라 속삭였다.

라마나의 말이 다 끝나자 카이론은 고개를 끄덕이며 입을 열었다.

"일단 해산. 전투 휴식을 취한다."

"명!"

중대장들과 대대장들이 물러났다.

"스키피오, 글을 좀 써야겠어."

"어떤……?"

의문이 가득한 스키피오의 얼굴. 그에 라마나가 다시 스키피오의 귀에 대고 무어라 속삭였다. 그에 스키피오는 무릎을 치며 감탄했다.

"허어~ 그런 방법이. 알겠습니다. 바로 쓰겠습니다."

스키피오가 글을 쓰는 시간은 오래 걸리지 않았다. 단숨에 빠르게 써 내려갔고, 채 10분도 안 돼 장문의 글이 완성되었다.

그리고 또 몇 장을 더 썼다. 불과 한 시간도 안 돼서 다섯 장의 글이 완성되었다.

그때를 같이하여 라마나는 묵직한 돌멩이를 가져와 그 돌멩이에 다섯 장의 장문의 글을 묶었다. 그리고 밖으로 나와 본성을 빙 둘러 다섯 개의 돌멩이를 던졌고, 그 뒤를 이어 불 카투스도 카이론과 똑같이 행동하였다.

그들이 던진 돌멩이는 총 30개. 그리고 기다렸다.

*　　*　　*

"이것 좀 봐."

모두가 잠들 시간, 한 죄수가 품속에서 무언가를 꺼내 들었다. 그것은 꼬깃꼬깃 접혀 있는 장문의 글이 쓰여 있는 종이였다. 죄수는 조심스럽고 은밀하게 그 장문을 읽어 내려갔다.

"이게… 정말일까?"

"쌍! 뭐, 이래 죽나 저래 죽나 매한가지 아니겠어?"

"그렇긴 하지만……."

둘이 대화하는 동안 몇몇의 죄수가 더 모여들었다. 처음 꼬 깃꼬깃한 종이를 가져온 죄수는 이때다 싶었는지 다시 입을 열었다.

"솔직히 이런 경우는 한 번도 없었잖아?"

"무슨……?"

"누가 있어 열 개의 채굴지를 점령하고 알카트라즈의 교도 병력과 소장들을 본성에 가두겠냐고."

"그야……."

"한 번 걸어보는 거야. 난 평생을 이곳에서 죄수로 죽을 생각은 없으니까. 그리고… 갚아야 할 것도 있고 말이지."

선동하는 죄수의 말에 다른 죄수들의 눈빛이 변하기 시작했다. 그런 현상은 결코 그곳에만 한정되지 않았다. 죄수들이 있는 곳이라면 비슷한 현상이 일어나고 있었다. 물론 그 종이가 죄수들에게만 전해진 것은 아니었다.

"이, 이게……."

"보고해야 하지 않겠습니까?"

부관의 말에 아무런 말도 없이 탁자에 부관이 주워온 종이를 쏘아보는 경비 교도 대대장.

"몇 장이나 수거했나?"

"대략 네 장 정도입니다."

"다른 대대는?"

"비슷하지 않을까 합니다."

"그들은 어떻게 처리한다고 하던가?"

"3, 4대대는 태운 것으로 알고 있습니다. 그쪽에서도 은근히 동조해 주기를 바라는 것 같습니다."

이런 종류의 종이를 보고 받은 다른 대대장들 역시 막사의 대대장과 다르지 않은 반응을 보였다.

남은 교도대는 사천에 달했다. 죄수들을 이용하지 않고도 폭동을 일으킨 죄수들을 충분히 막아낼 수 있었다.

본성에 있는 죄수들이 할 수 있는 일은 거의 없었다. 조금 더 강하게 투약되는 마나 스캐터가 있었고, 그들을 억제하는 수갑과 족쇄는 죄수들을 더욱더 쇠약하게 만들고 있었으니 말이다.

"병신 같은 사단장 같으니. 그냥 밀어버리면 될 것을."

"갑자기 생산량이 줄어들면 안 되지 않겠습니까?"

"죄수가 다 죽는다 해도 결국 시간이 지나면 죄수는 다시 채워진다. 뭐가 겁나서 죄수들을 본성으로 들였는지 모르겠군. 젠장!"

"대책이 있지 않겠습니까?"

"대책은 무슨. 보나마나 소장에게 자신 있다고 큰소리나 뻥뻥 치고 우리를 닦달하겠지."

경비 교도 대대장의 말에 자신도 모르게 고개를 끄덕여 인정하는 부관이었다.

사실 그동안 사단장이 자신들의 공을 가로챈 것이 어디 한두 번이던가? 경비 교도 대대장 중에서 그런 식으로 사단장에게 당하지 않은 이가 없을 정도였다.

또한, 경비 교도 대대장들은 꼬박꼬박 사단장에게 상납금도 바치고 있었다. 이게 어디 말이나 되는 소리인가? 그러함에도 대대장들은 어쩔 수 없이 그의 말을 들어줄 수밖에 없었다. 그는 사단장이고 자신들은 고작 대대장이었으니까 말이다.

그러한 맥락에서 대대장들은 적당히 사단장을 골탕 먹일 거리를 찾고 있었다. 그런데 이번 죄수들의 폭동이 일어나면서 제대로 된 대처를 못한 사단장이 상당히 곤란한 지경에 처해 있었다. 당연히 소장은 불호령을 내렸고, 사단장은 대대장들을 닦달하기 시작했다.

그렇지 않아도 기회만 보고 있던 대대장들이었다.

이번 사태는 분명 사단장의 잘못된 판단 때문에 이렇게 커진 면도 있었다. 한꺼번에 몰아친다면 진즉에 진압되었을 폭동을 오히려 키운 것이다.

그리고 가장 대대장들의 불만을 키운 것은 역시 폭도들의 세력에 지레 겁을 먹고 남은 죄수와 병력을 본성에 불러들인 것이었다.

병력의 수와 무기의 질에서 압도적으로 우세한데 겁먹을 게 어디 있느냔 말이다.

그 와중에 부관이 한마디를 더했다.

"명일 아침까지 상납금을……."

"젠장. 태워."

대대장은 이를 부드득 갈면서 태우라고 명령을 내렸다.

"하지만……."

"어쨌든 폭동은 진압된다. 그리고 폭동이 진압된 이후의 모든 책임은 우리에게 있는 것이 아니라 사단장이 지겠지. 그 돼지 같은 새끼한테 이걸 보고한다고 제대로 된 명령이라도 내릴 것 같나?"

"그야 뭐……."

장담할 수 없었던 부관은 어깨를 으쓱해 보였다. 이 난리통에도 상납금을 보내라고 하는 사단장이었다. 그런 사단장의 행위는 그들에게 위기감을 앗아갔다. 충분히 막을 수 있고 진압할 수 있음에도 불구하고 하지 않는 것 같은 느낌을 주었다.

그에 부관은 말없이 종이를 들어 촛불을 붙였다.

그렇게 장문의 종이는 보고되지 않고 촛불에 타 사라지고 있었다.

그리고 그 시각, 죄수들은 서서히 동요하고 있었다.

"하지만 아무것도 할 수 없잖은가?"

"마나 스캐터 때문에?"

"그것도 그것이지만 이 수갑과 족쇄 역시 그렇지."

"수갑과 족쇄가 풀린다면 어떻게 해보겠다는 말인가?"

"그걸 말이라고? 마나가 돌아오지 않더라도 상관없을 게야."

그 말에 대화를 하고 있던 죄수가 바짝 가까이 다가와 앉았다. 그는 주변을 슬쩍 훑어보더니 조심스럽게 입을 열었다.

"방법이 있는데 말이야."

그 말에 수갑과 족쇄를 흔들어 보이던 죄수도 주변을 둘러보더니 은근한 목소리로 물었다.

"어떤……?"

죄수가 두 개의 이상하게 생긴 꼬챙이를 꺼내 슬쩍 보여줬다.

"그게… 뭔가?"

"만능 열쇠지."

"만능… 열쇠?"

"내 전직이 말이야……."

"됐고, 가능하냔 말이지."

이미 그런 것쯤은 신경도 쓰지 않는다는 듯 소리 죽여 물어보는 죄수. 그에 기이한 꼬챙이 두 개를 자신의 손목과 발목에 꽂아 이리저리 돌렸다.

철컥!

열렸다. 그것을 지켜보던 죄수의 눈이 커졌다. 그러다 마른침을 삼켰다. 그런 죄수의 모습을 보던 죄수는 씨익 웃으며 그의 발목에 채워진 족쇄에 꼬챙이 두 개를 꽂아 다시 이리저리 돌렸다.

철컥!

또 열렸다. 그에 망설이지 않고 두 손과 발을 내미는 죄수들. 그에 죄수는 씨익 웃으며 다른 죄수의 손과 발을 제어하고 있는 수갑과 족쇄를 풀어나갔다.

그 뒤부터는 자동이었다. 누구도 다른 말을 하지 않았다. 그저 내밀면 꼬챙이를 집어넣어 풀어줄 뿐이었다. 그런 죄수의 행동은 한참 동안 계속되었다. 그러는 동안에도 죄수들을 지키고 있는 경비 교도 대대 병력의 그 누구도 그러한 죄수들의 움직임을 돌아보지 않았다.

그들은 긴장하고 있었지만 그건 본성 밖에 있는 이들 때문이지 그들의 수중에 있는 죄수들을 경계하는 것은 아니었다.

그들은 나름 편안한 자세로 졸고 있거나 잡담을 나누고 있었다.

어둠 속에서 죄수들이 움직이기 시작했다.

"저는 해스콕입니다. 이름이……?"

"그게 중요한가?"

"어이라고 부를 수는 없잖습니까?"

그는 잠시 생각에 잠겼다가 하나의 이름을 말했다.

암살자로서 살았을 때는 이름조차 말할 수 없었지만 지금은 달랐다.

"데어세크의 제라드."

"데어세크?"

"밖의 에니체리로부터 투입된 특수부대지."

"예니체리?"

"저들이 말하는 폭도들의 이름이지."

제라드의 말에 입을 살짝 벌린 채 다물지 못하는 해스콕이었다. 그 짧은 시간에 죄수들이 조직화된 것이다. 믿을 수 없는 속도였다. 죄수들을 군대로 만들고, 거기에 더 나아가 어느새 본성에 침투시켜 죄수들의 폭동을 조장시킨다?

있을 수 없는 일이었다.

'대체 그는 누구지?'

순간 해스콕은 이 폭동을 주도한 이가 궁금해졌다. 도대체 누구일까? 어떤 인물일까? 어떤 인물이기에 이렇게 단시간에 이런 조직을 만들어낼 수 있을까? 궁금증이 들기 시작했다. 그런 해스콕의 마음을 아주 잘 안다는 듯이 슬쩍 웃음을 떠올린 제라드가 입을 열었다.

"내가 맡은 임무는 죄수들을 풀어주고 성문을 점령한 후 교각을 내리는 것."

"좋군요."

안과 밖에서 호응한다면 아무리 견고한 본성이라 할지라도 허물지 못할 이유가 없었다. 비록 4,200의 경비 교도 대대가 있기는 하지만 그것은 그리 큰 문제가 되지 않았다.

저들은 방심하고 있으니 말이다. 자신의 눈앞에 있는 이자만 성내에 침투한 것은 아닐 것이다. 그가 맡은 임무가 성문을 점거하는 것이라면 분명 또 다른 임무를 띤 이가 침투해 지금 그 임무를 수행하고 있을 것이다.

몇 명의 죄수들이 해스콕을 바라보았다. 평소 그를 따르던 이들이다. 그에 해스콕이 고개를 끄덕이자 그들은 이제 몸을 풀고 있는 몇몇의 간수를 향해 소리 없이 다가갔다. 자신들이 목적한 이들 뒤로 조심스럽게 다가간 그들은 지체 없이 움직였다.

"컥!"

풀어진 쇠사슬로 그대로 목을 휘어감아 목을 졸랐다. 대부분 반항도 못하고 죽어갔고, 몇몇 간수들은 목줄기를 죄어오는 쇠사슬을 벗겨내려 발악했지만 이미 완벽하게 걸린 쇠사슬은 꿈쩍도 하지 않았다.

그렇게 대략 서른 명의 인물이 죽어갔다. 그 외에 풀려난 죄수들이 해스콕이 있는 쪽으로 몰려들었다.

"방장과 그 추종자들은 보이지 않습니다."

"됐다. 움직인다."

그들은 바로 움직이기 시작했다. 어둠 속에서 조심스럽게 움직이는 죄수들과 방심하고 경계를 푼 간수들.

결국 어둠 속에서 몇몇의 간수가 죽어나가고, 그들이 지키고 있던 무기고가 열리고 죄수들이 무장했다. 그리고 정문을 향해 움직였다.

그런 움직임은 비단 한곳에서만 일어나는 것이 아닌 네 곳에서 동시다발적으로 일어나고 있었다. 하지만 모두 성공하지는 못했다.

"죄수들이 풀려났다!"

"뭐, 뭐라고?"

"비상! 비사앙!"

때대대대댕!

비상종이 본성에 울려 퍼졌다. 그와 동시에 에니체리가 있던 곳의 교각이 육중한 소리를 내며 내려가고 있었다.

"정문! 정문 교각이 내려간다!"

"막아! 막으란 말이다!"

교도 대대가 정문으로 움직였다. 하지만 그들은 임무를 완수할 수 없었다. 정문을 가로막고 있는 죄수들 때문이었다. 어떻게 된 일인지 모두 무기를 착용한 상태였다.

"물러서지 마! 물러서면 모두 죽는다!"

그때 해스콕이 외쳤다. 그랬다. 이미 폭동에 참여했다. 물러나면 죽는다. 실패해도 죽는다. 물러설 곳이 없었다. 어떻게 해서든지 버텨야만 했다. 경비 교도 대대가 미친 듯이 돌격해 들어왔다.

"방패! 방패 들어!"

"씨발! 어디 죽어보자!"

"우와아! 덤벼! 덤벼! 이 개새끼들아!"

죄수들은 이판사판이었다. 교각이 다 내려갈 때까지만 견디면 되었다. 불과 몇 분이다. 죄수들과 경비 교도 대대가 부딪쳤다.

콰아앙!

"크아아아!"

"죽어! 죽으란 말이다!"

사방에서 육두문자와 악다구니가 쏟아지고 비명도 터져 나왔다. 죄수들도 검붉은 피를 쏟아내며 죽어갔고, 경비 교도 대대 역시 피를 흘리며 쓰러져 수없이 많은 도검을 맞이해야 했다.

쿠르르르! 쿠우웅!

마침내 교각이 둔중한 소리를 내며 1채굴지와 2채굴지 사이의 지면과 닿았다.

"와아아아!"

그 소리는 죄수들에게는 희망을, 경비 교도 대대원들에게는 절망을 안겨줬다. 그리고 절망하는 그들의 머리 위로 시꺼먼 그림자 두 개가 드리워졌다.

"무슨……."

하늘을 쳐다봤다. 그리고 입을 벌릴 수밖에 없었다. 비명조차 나오지 않았다.

콰아아앙! 쩌저저적!

어둠 속에서 빛이 터져 나왔다. 떨어져 내린 카이론의 주변 5m 내에는 아무것도 존재하지 않았다. 원형으로 퍼져 나가는 아크 방전. 닿는 모든 이가 감전되어 시꺼멓게 타들어가며 비명조차 지르지 못하고 죽어갔다.

그런 그가 일어섰다. 그리고 그 뒤에 유일한 타이탄 족 불카투스가 서 있었다. 카이론과 불카투스에 의해 죽어나간 교도 대원들이 무려 20여 명에 이르렀다. 적이나 아군이나 그 압도적인 모습에 얼이 빠져 있을 뿐이었다.

"예니체리!"

카이론이 나직하지만 강력한 목소리로 외쳤다. 그에 죄수들이 외쳤다.

"예니체리!"

신형을 돌려 그들을 바라본 카이론. 그가 언월도를 들어 올리며 외쳤다.

"진격하라!"

"진겨어억!"

"우와아아!"

교각을 넘은 이천의 예니체리. 그중 가장 선두에 선 일천의 병력은 각자의 무기에 붉은색, 혹은 주황색의 오러 스트림와 오러 포스가 넘실거리고 있었다.

"어떻게……."

예니체리에 의해 무장 해제되고 있는 경비 교도 대대장의 입에서는 얼빠진 듯한 소리가 흘러나왔다. 있을 수 없는 일이었다. 일천에 이르는 익스퍼트의 병력이라니. 그들만으로도 이 본성을 초토화시킬 수 있었다.

그리고 오거로밖에 볼 수 없는 저 거대한 체구의 타이탄 족과 죄수들을 이끄는 폭도의 우두머리까지. 경비 교도 대대장의 시선이 카이론을 향했다.

"헙!"

그 순간 경비 교도 대대장은 전신을 싸고도는 서늘한 감각에 숨을 들이켜야만 했다. 그것은 바로 두려움과 공포였다. 시선을 마주하는 것만으로도 심장이 멎을 것 같은 공포가 엄습했다.

'…끝났구나.'

경비 교도 대대장은 본능적으로 알 수 있었다. 그는 눈을 감았다. 카이론은 그러한 그를 보고 신형을 돌려 세워 걸음을 옮겼다. 그의 등 뒤로 마치 휘광이 퍼져 나오는 것 같았다.

『워리어』 5권에 계속…

Sanctum
생텀

이영균 판타지 장편 소설

FUSION FANTASTIC STORY

취재 현장에서 맞닥뜨린 녹색 괴물.
그리고 무혁은 한 번 죽었다.

**죽음에서 깨어난 무혁에게 다가온 것은
숨겨졌던 이세계, 생텀의 존재였다!**

현대에 스며든 악신 투르칸의 잔인한 손길.
생텀에서 온 성녀 후보 로미와 도멜 남작을 도우며
무혁의 삶은 점차 비일상에 접어드는데……

**이계와의 통로는 과연 우연인 것인가?
생텀(Sanctum)의
진정한 의미를 찾아라!**

Book Publishing CHUNGEORAM

유행이아닌자유추구-
WWW.chungeoram.com

The Record of

Dragon's Return

재중귀환록

푸른 하늘 **장편 소설**
FUSION FANTASTIC STORY

『**현중 귀환록**』, 『**바벨의 탑**』의
푸른 하늘 신작!
이계를 평정한 위대한 영웅이 돌아왔다!

어느 날 갑자기 찾아온 부모님의 죽음.
그리고 여동생과의 생이별.
모든 것을 감당하기에 재중은 너무 어렸다.
삶에 지쳐 모든 것을 포기할 때, 이계에서 찾아온 유혹.

"여동생을 찾을 힘을 주겠어요.
…대신 나를 도와주세요."

자랑스러운 오빠가 되기 위해!
행복한 삶을 위해!

위대한 영웅의
평범한(?) 현대 적응이 시작된다!

Book Publishing CHUNGEORAM

유행이 아닌 자유추구 -
WWW.chungeoram.com

내일을 향해 쏴라

김형석 장편 소설

FUSION FANTASTIC STORY

1만 시간의 법칙!
'성공은 1만 시간의 노력이 만든다' 는 뜻이다.

그러나…
사회복지학과 복학생 수.
전공 실습으로 나간 호스피스 병동에서
미지와 조우하다.

1만 시간의 법칙?
아니, 1분의 법칙!

**전무후무한 능력이 수에게 강림하다!
맨주먹 하나로 시작한 수의
인생역전이 시작된다!**

Book Publishing CHUNGEORAM

문맹이 아닌 자유추구─
WWW.chungeoram.com

데일리 히어로

FUSION FANTASTIC STORY

인기영 장편 소설

지금까지 이런 영웅은 없었다!

『데일리 히어로』

꿈과 이상을 가진 평.범.한. 고딩 유지웅.
하지만……
현실은 '빵 셔틀' 일 뿐.

그러던 어느 날, 유지웅의 앞에 나타난 고양이.
그(?)로 인해 모든 것이 바뀌었다.

선행! 선행! 그리고 또 선행!
데일리 히어로 유지웅의 선행 쌓기 프로젝트!

Book Publishing CHUNGEORAM

유행이 아닌 자유추구 -
WWW.chungeoram.com

전혁 新무협 판타지 소설
FANTASTIC ORIENTAL HEROES

왕후장상

『월풍』, 『신궁전설』의 작가 전혁이 전하는
유쾌, 상쾌, 통쾌 스토리, 『왕후장상』!

문서 위조계의 기린아 기무결.
사기 쳐서 잘 먹고 잘살던 그에게 날벼락이 떨어졌다.
바로 녹슨 칼에서 나온 오천만 낭짜리 보물지도!

기무결에게 내려진 숙제,
오천만 낭을 찾아라!

그러나 꼬인 행보 끝 도착한 곳은 동창의 감옥이었으니…….

"으아악! 이게 뭐야!! 무림맹이 왜 여기 있는 거야!"

천하제일거부를 향한 기무결의
끝없는 도전이 시작된다!

Book Publishing CHUNGEORAM

유행이 아닌 자유추구 -
WWW.chungeoram.com

용마검전

FANTASY FRONTIER SPIRIT

김재한 판타지 장편 소설

「폭염의 용제」,「성운을 먹는 자」의 작가 김재한!
또다시 새로운 신화를 완성하다!

『용마검전』

사악한 용마족의 왕 아테인을 쓰러뜨리고
용마전쟁을 끝낸 용사 아젤!

그러나 그 대가로 받은 것은 죽음에 이르는 저주.
아젤은 저주를 풀기 위해 기나긴 잠에 빠져든다.

그로부터 220년 후……

긴 잠에서 깨어난 아젤이 본 것은
인간과 용마족이 더불어 살아가는 새로운 세상이었다.

Book Publishing CHUNGEORAM

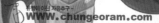

류 통이 이닌 자유추구 -
WWW.chungeoram.com